Klaudia Ruschkowski

ROT, SAGTE ER

KLAUDIA RUSCHKOWSKI

ROT, SAGTE ER

ROMAN

S. Marix Verlag

In Erinnerung an den Maler
Giuseppe Zigaina

Keines verbleibt in derselben Gestalt, und Veränderung liebend
Schafft die Natur stets neu aus anderen andere Formen,
Und in der Weite der Welt geht nichts – das glaubt mir – verloren.

Ovid, Metamorphosen

1

Kaum hatte der Mann die Tür einen Spaltbreit geöffnet, drängte sich das kleine struppige Etwas an ihm vorbei und stürmte hinaus, schlug an und war im Handumdrehen im Unterholz verschwunden. Kläffendes Gebell mäanderte durchs Tal. Der Mann pfiff und rief. Der Hund hörte nicht. Ihn hatte das Jagdfieber gepackt.

Ein Reh. Es tauchte jenseits der Brombeerhecke auf, fast flog es über die an den Vortagen abgemähten Felder, setzte über einen Graben, der die Äcker voneinander trennte, und sprang den gegenüberliegenden Hügel hinauf. Die Stoppeln unter seinen Hufen glänzten. Ein helles Goldrot.

Da war auch der Hund wieder. Er musste förmlich durch die Brombeeren hindurchgeschossen sein. Wie schnell, trotz seiner kurzen Beine. Er setzte sichtlich alle Kräfte ein, holte auf. Das Reh hatte die Kuppe fast erreicht. Und unversehens schlug es einen Haken … wie ein Hase, dachte der Mann, der die Szene von der Schwelle aus beobachtete … und schnellte diagonal am Hund vorbei hinab ins Tal.

Der Hund war von dem Richtungswechsel überfordert. Für einen entscheidenden Moment verlor er die Orientierung. Eine Umkehrung der Bewegung, eine innere Geometrie, die dem gejagten Tier den Ausweg wies. Die den Jäger die entscheidende Sekunde kostete. Sofern er überhaupt eine Chance gehabt hätte. Das Reh setzte zu einem letzten konzentrierten Sprung an, über ein Weißdorngestrüpp, das den Acker in der Senke teilte. Es schien in der Luft zu stehen. In einem Wirbel aus Licht und Staub. Sein heller Spiegel blitzte. Dann war es fort.

Der Hund überschlug sich, landete im Gestrüpp, sah sich getäuscht und bellte, mehr erstaunt als verärgert.

Der Mann lachte. Er schloss die Tür hinter sich und nahm den Pfad, der vom Haus … eher eine Hütte, wenn man ehrlich war … zur schmalen Straße hinaufführte. Er holte weit aus. Sein Schritt war kräftig. Durch seine rötlichen Locken fuhr ab und zu ein leichter Wind. Seine grünen Augen leuchteten. Oder waren sie blau? Das mochte vom Licht abhängen. Oder von der Tageszeit. Er summte vor sich hin. Auf der Straße war niemand zu sehen. Die Glocken von San Giusto schlugen die volle Stunde. Sechs. Es war noch immer heiß wie am Mittag. Eine schwüle Hitze.

Dem Mann schien es nichts auszumachen, auch wenn das dünne Hemd an seinem Körper klebte. Er holte tief Luft, während er die Steigung zur Balze nahm. Auf dem kleinen Schotterplatz, in den die Straße oben mündete, hielt er inne. Er blickte sich um. Selbst vom Schreiner, der seine Werkstatt jedes Jahr zum ersten Mai ins Freie verlegte, wo er ... aus Überzeugung, wie er sagte ... bis weit in den Oktober arbeitete, war nichts zu sehen. Keine Menschenseele. Nur eine schwarzweiße Katze mit bernsteinfarbenen Ohren, die es sich im grünen Dämmer des verblichenen Wellblechdachs bequem gemacht hatte.

Der Mann überquerte den Platz. Er wandte sich zu einer Reihe niedriger Steineichen. In ihren Schattenfetzen wanderte er weiter, bis er auf Felsbrocken stieß, die den Pfad zur Balze halb versperrten. Er kletterte auf einen der mächtigen Findlinge.

Von dort aus konnte er das weite Tal überblicken. Halbrechts, auf einer Felszunge schräg unter ihm, direkt vor den Abstürzen, die alte Badia, das Kloster der Kamaldulenser. Wie durch ein Wunder verschont geblieben, als sich der Abhang vor hunderten von Jahren bei einem Erdrutsch löste und einen Teil der damaligen Stadt mit sich in die Tiefe riss.

Inmitten der Ebene, auf einem geduckten Hügel, der kleine Ort Peccioli mit seinem arabesken Glockenturm. Von Weitem machte er einen geheimnisvollen, fast orientalischen Eindruck. Im frühen Morgenlicht oder bei Sonnenuntergang wurde er zu einer Fata Morgana. Von Nahem schien er wie zusammengeklebt, ein selbstbewusster romanischer Turm, der sich im Verlauf der Jahre durch die beliebigsten Versatzstücke in ein Hirngespinst verwandelt hatte.

Wären die dichten dunklen Wolken nicht gewesen, die sich seit geraumer Zeit von Norden über den Monte Pisano in die Ebene vorschoben, der Mann hätte von seinem Felsen aus selbst Pisa sehen können. Bei klarer Luft vielleicht sogar die Piazza dei Miracoli.

So aber folgte sein Blick dem immer intensiveren Spiel der Wolken und des Lichts, das in raschem Wechsel mal den einen, mal den anderen Hügel aus der Landschaft herausleuchtete, ein Dorf, ein Wäldchen, ein Rinnsal, das flüchtig aufschimmerte, wenn ein letzter Sonnenstrahl sich in ihm verfing. Er sah in der Ferne das Meer. Konnte es sogar riechen. Die gewittrig schwüle Luft trug einen salzigen Hauch zu ihm. Er sog ihn tief in sich ein.

Der erste Blitz. Eine fein verästelte silberne Senkrechte. Er musste sich beeilen. Er sprang vom Fels und folgte dem Pfad bis zu einer niedrigen Baumgruppe, zwischen Gestein und Abgrund, die auf einen kahlen Vorsprung zulief. Von hier aus, hoch oben, würde er das Spektakel am besten genießen können. Würde sehen, wie sich die Blitze multiplizierten, wie sie sich in die Farben des Prismas ergossen, grünlich, bläulich, rötlich, hellgelb und violett. Würde die unbändige Energie spüren, die sich bereits voll diabolischer Freude in der Atmosphäre konzentrierte.

Ein gespannter Moment des Innehaltens. Dann die erste drastische Entladung. Elektrizität, die durch die Nervenbahnen strömte. Eine Dynamik, die für den Bruchteil einer Sekunde die Grenze zwischen Außen und Innen aufhob. Ein ekstatischer Schub. Verbunden mit dem ersten Windstoß, der heftig durch die Bäume fuhr und alles in stürmischen Wirbel versetzte.

Der Mann liebte Gewitter. Liebte das feine Kribbeln auf der Haut, das erotische Risiko, die Gefährdung, die Blitze, die immer waghalsiger durch den Himmel zuckten. Liebte es, am höchsten Punkt zu stehen, wie ein Baum, den Elementen ausgesetzt.

Über die Ebene stob kreischend ein Vogelschwarm, aufgeschreckt vom Donner, der jetzt durch die Wolken rollte. Tief unten im Gebüsch brachten sich Tiere raschelnd in Sicherheit. Ein Falter irrte durch die Luft.

Dem Donner folgte eine Druckwelle. Kaum verebbt, wogte die nächste hoch. So langsam, wie das Gewitter aufgezogen war, so stürmisch eilte es jetzt vom Monte Pisano und vom Meer aus heran und stürzte sich auf das Tal.

Fast schlagartig wurde es dunkel. Grelle Adern sprangen aus dem Anthrazit der Wolkendecke, Lichtstreife flackerten auf, verglühten … ein wahres Konzert, dachte der Mann … selbst elektrisiert, vor Glück, inmitten der energetischen Wucht, die ihn umgab.

Es krachte. Vorsichtig tat er einen Schritt, sah die Kalanken unterhalb der Badia in rötliches Licht getaucht. Der Wipfel einer freistehenden Steineiche hatte Feuer gefangen.

Der Mann streckte die Hand aus, fing die ersten Tropfen ein, die satt vom Himmel fielen. Ein Rinnsal floss über seinen Arm. Er lachte, leckte das vom Schweiß salzige Wasser von der Haut, hielt den Tropfen, die sich zusehends mehrten, sein Gesicht entgegen. Freute sich am Gefühl, mit dem das Nass durch seine Locken strömte, über seinen Körper rann …

In der Ferne wurde Gebell laut. Kam näher. Nicht lange darauf schoss der Hund struppig, keuchend durch das Unterholz.

2

Die Erde dampfte. Warme Nebelschwaden hingen zwischen den Hügeln, schlingerten über die Felder. Aus den Furchen sog die aufgehende Sonne die Feuchtigkeit. Ihre Strahlen zogen schräg durch den Dunst, verfingen sich in Spinnennetzen … Geflechte aus winzigen Wasserperlen … flimmerten im Grün der Blätter und schufen viele kleine Prismen, die für Augenblicke zwischen Bäumen und Gebüsch aufblitzten. Ein süßer Duft lag über dem Land.

Angel öffnete das Fenster, sog das Aroma ein und ließ den Blick über den Garten wandern, der sich rings um das Haus erstreckte. Bis auf eine Staude purpurner Glockenblumen, die der Regen zu Boden gedrückt hatte, schien alles unversehrt. Die Wedel der beiden Palmen, die sie vor sieben Jahren gepflanzt hatte … sieben Jahre, dachte sie, so lange war das jetzt schon her … sirrten in der Brise. Sie setzte den Kaffee auf, zog ein Stück Gartenband aus der Küchenschublade, griff nach einem der Bambusstecken, die für alle möglichen Fälle neben dem Eingang lehnten, und lief barfuß hinaus. Der Bambusstab drang mühelos in die noch feuchte Erde. Sie knotete das Band an ihm fest, schlang es um die Stängel und richtete die Staude auf. Die Blütenköpfe taumelten.

Drinnen begann es zu zischen. Angel biss das Band dicht am Stecken ab, rollte den Rest über dem Handrücken zusammen und war rechtzeitig zurück, um die brodelnde Moka von der Gasflamme zu nehmen. Sie angelte eine Tasse vom Regal, goss den Kaffee hinein, fischte ein paar Kekse aus einer Blechdose und ließ sich auf der Bank neben der Haustür nieder.

Wenn es das Wetter erlaubte, trank sie den Kaffee immer auf diesem Platz. Morgens, manchmal auch mittags. Von hier aus schaute sie über die Felder, zur Stadt hinauf. Wie ein Ozeandampfer schien sie auf dem Kamm des höchsten Hügels zu treiben, bereit, sich von der nächsten Woge mitnehmen zu lassen. Seit dreitausend Jahren zwischen Himmel und Erde, dachte Angel, immer im Scheinbaren. Scheinbar keine Regung, scheinbar auf dem Sprung. Nicht rund um einen Hügel in die Höhe gewachsen, obenauf ein Kirchturm oder ein Kastell, nicht umgekehrt von oben über die Hänge hinabgeflossen, sondern langgestreckt auf einem Grat.

Angel beobachtete, wie der Dunst aus den Feldern auf die Stadtmauern zu kroch. Ein riesiger Libellenflügel, dachte sie. Ihr fiel ein, was sie in der vergangenen Nacht geträumt hatte. Etwas bewegte sich auf einer Glasfläche. Ein großes, fast durchscheinendes Insekt. Es kam nur langsam voran. Dann war da ein Auge. Es schaute angestrengt von oben. Es zoomte näher. Das Insekt war ein Mensch. Das Auge sah durch seine Haut. Scannte ein Geflecht von Adern, Nerven. Wie hielt der Mensch sich auf dem Untergrund. Er musste Saugnäpfe an Händen und Füßen haben. Die Glasfläche wurde zu einem Fensterflügel. Er schlug auf. Der Mensch hatte Mühe, nicht zu fallen. Er schwankte wie ein Blatt. Er rutschte … und *Hasard* sagte eine Stimme, die ihr bekannt vorkam. Wie aus dem Nichts.

Das Telefon klingelte. Rasch nahm Angel den letzten Schluck Kaffee. »Pronto?«

Es war Annarella, aus der Post: »Hier liegt ein Einschreiben für dich. Ich habe unterzeichnet. War dir doch Recht? Bis fünf bin ich da. Holst du es ab?«

Angel schaute auf die Uhr. Halb acht. Dass Annarella so früh schon im Büro war.

»Vor fünf bin ich da. Danke, du bist ein Engel«, sagte sie, legte auf und seufzte. Sicher eine Rechnung.

Sie schlüpfte in Shorts und Hemd, zog ihre Arbeitsschuhe an … die besten, die ich je hatte, dachte sie, als sie die Schnürsenkel festzurrte … und ging um das Haus herum zur Werkstatt. Ein kleiner Holzbau auf einem flachen Steinfundament, auf dem einst wohl ein Stall gestanden hatte. Schafe vielleicht, vielleicht auch Schweine. Als sie kam, vor sieben Jahren, existierte nur noch ein Teil des Sockels, mit einer ramponierten Tränke. Ausreichend allerdings für die Genehmigung zu einem Neubau. Das einzig Neue weit und breit. Und auch dies aus alten Balken, die Angel vom Schreiner an der Balze bekommen hatte. Uralt, hatte er zärtlich gesagt. Deckenbalken. Aus einem der Palazzi in der Stadt. Er habe sich damals eine Menge uralter Dinge gesichert. Material, das seine kleine dunkle Werkstatt mit den vielen anderen Dingen, die er sich im Laufe der Zeit gesichert hatte, bis zum Überquellen füllte.

»Wenn du so wenig Platz hast«, hatte er Angel verraten, »und noch weniger Tageslicht, bleibt dir nichts anderes übrig, als draußen zu arbeiten … aber vielleicht«, hatte er dann hinzugesetzt, »stelle ich mir den Raum absichtlich so zu. Damit ich draußen sein kann.«

Wie gut, dass sie alles, was vor der Werkstatt im Wind trocknete, noch rechtzeitig vor dem Gewitter in Sicherheit gebracht hatte, dachte Angel. Sie schob den Riegel zur Seite und betrat den zu dieser Stunde noch kühlen Raum. Stieß die Fensterläden auf. Licht wirbelte um Terrakotta-Figuren. Vollständige, Torsi, halbe, Körperteile. Auf einem Arbeitstisch eine Kollektion kleiner Köpfe. Rohlinge, fertig für den ersten Brand. Da entdeckte sie die Bescherung. Etliche der Köpfe lagen durcheinander, manche der Figuren auf dem Boden, in tausend Stücken.

Sie kniete sich hin und schaute unter die Regale. »Komm schon«, lockte sie, »ich schneid dir nicht die Ohren ab.«

Aus einem Spalt unter dem Brennofen kam ein Niesen. Dann wurde eine weiße Pfote sichtbar. Ein kleiner staubiger Kater versuchte, seinen rotgetigerten Körper hinterherzuschieben. Angel zog ihn am Nackenfell aus der Klemme, schüttelte ihn ein wenig und pustete die Flocken aus seinem Schnurrbart. »Meine Schuld«, sagte sie. »Ich hätte besser auf dich aufpassen sollen.«

Sie setzte den Kater draußen in der Sonne ab. Sichtlich erleichtert sprang er davon. Angel schloss die Tür der Werkstatt hinter sich und machte sich ans Aufräumen.

Bis zum Nachmittag hatte sie die meisten der Stücke in einen neuen Zusammenhang gebracht. Anders als geplant. Die kleinen Köpfe mit den engelhaften Zügen hätten eigentlich auf groben Körpern ruhen sollen. Absichtsvoll gebrochen, in fragwürdiger Perfektion. Da sie nun tatsächlich gebrochen, ja zersplittert waren, würden sie womöglich eine ganz neue Gestalt annehmen. In ihrer Versehrtheit, dämmerte es Angel, lag womöglich eine Chance. Vielleicht würde bei diesem Prozess etwas sichtbar werden, das ihr bisher entgangen war. Solange wir die sichtbare Gestalt noch nicht sehen können … wo hatte sie das nur gelesen … ist es nötig, dass wir sichtbare Gestalten formen … dass wir unsere Sinne entwickeln, ja, vielleicht sogar ganz neue entdecken, um die Wirklichkeit zu sehen. In allen ihren Schichten.

Angel summte vor sich hin und beschloss, dem Kater aus der Stadt ein feines Stück Fisch mitzubringen.

Als sie sich gegen vier auf den Weg machte, flimmerte das Land bereits wieder in der Julihitze. Sie kurbelte die Fenster ihres Fiat Panda 4x4 hinunter. Ließ den warmen Wind durch den Wagen und sich selbst hindurchwehen, während sie den Feldweg zur Asphaltstraße hinaufholperte. An der Kurve, die über Marios Hof führte, stürzten ihr wie immer seine drei kleinen Hunde entgegen. Wieder einmal wunderte sie sich, wie sie es schafften, nicht unter die Räder zu kommen. Sie kläfften noch kurz in ihrem Rücken weiter. Dann hatten sie ihre Pflicht getan und trollten sich in den Schatten.

Angel fuhr auf die schmale Asphaltstraße und unter der alten Eisenbahnbrücke hindurch, über die früher eine Bahn gemächlich von der Stadt ins Tal und noch gemächlicher wieder hinauf gerattert war. Kurz darauf stoppte sie hinter einer Ape, aus deren Fenster sich Marios Sohn beugte, um mit Gino, einem Nachbarn, der dabei war, sein Hühnergatter auszubessern, etwas zu besprechen, das so wichtig war, um ein paar Minuten in Anspruch zu nehmen, aber nicht wichtig genug, um an den Rand zu fahren und auszusteigen. Am Hang bremste sie vor einer Kinderschar, die quer über die Straße zum Schwimmbad lief. Fädelte sich dann in den seit wie vielen Jahren provisorischen Kreisel zur Via Garibaldi ein. Fuhr an der Stadtmauer entlang, ließ einen dieser immensen LKWs passieren … ein Hochhaus auf Rädern, das gefährlich durch die kurvenreichen Straßen schlingerte … und entschloss sich im letzten Moment und angesichts der Uhrzeit, nicht wie sonst unten an der Docciola zu parken und die zweihundertdreiunddreißig herrlichen Stufen in die Stadt hinaufzusteigen, sondern gleich oben, in der Tiefgarage, sui Ponti.

Es war heiß, außerdem schon halb fünf. Annarella würde ihretwegen keine Überstunden machen.

Angel trat aus der Tiefe der Garage ins gleißende Licht. Sie bahnte sich ihren Weg durch Menschentrauben, grüßte flüchtig den einen und anderen Bekannten, eilte quer über die Piazza und betrat die Post.

Ein paar holländische Touristen bemühten sich vergebens, Briefmarken zu kaufen, und Annarella setzte ebenso vergebens sämtliche Sprachkenntnisse ein, um ihnen verständlich zu machen, dass sie auf der Post alles Mögliche kaufen konnten, nur keine Briefmarken.

Dann zuckte sie die Achseln, überließ die Leute der Diskussion, winkte Angel zu, ging zum Postfach und zog einen Umschlag aus der Ablage … »Hast du das gehört?«

3

Die Post war mehr als ein Amt. Hier schlug eines der Herzen der Stadt. Hier wurden Nachrichten übermittelt und Botschaften überbracht. Empfehlungen ausgesprochen. Hinweise gegeben und Ratschläge erteilt. Und Annarella war die Königin. Ein halbes Leben hatte sie in diesem Palazzo verbracht, ebenerdig, mit Blick auf die Piazza dei Priori. Sie sah, wer vorüberging. Mit wem. Wer ins Gespräch vertieft dort in der Sonne stand. Wer disputierte. Wer sich küsste. Wer seinen Blick über die Palazzi wandern ließ. Wer weder nach links noch rechts schaute. Wer sich an den Kindern freute, die johlend durch die Taubenschwärme jagten. Wer die Carabinieri auf den Afrikaner aufmerksam machte, der seine Kleinigkeiten sicher unerlaubt verkaufte. Wer dessen Schmuck bewunderte und mit ihm über seine Heimat sprach. Wer den Bischof in den Dom begleitete. Wer seine Begleiter auf das steinerne Schweinchen hinwies, das von seinem Sockel hoch oben an der Torre del Porcellino seit Ewigkeiten über die Piazza wacht.

Annarella sah sich einer Bühne gegenüber. Das Theater einer kleinen bemerkenswerten, uralten, heutigen, mitunter … scheinbar … zeitlosen Stadt. Jeder, der die Piazza überquerte, wurde einen Moment lang zum Darsteller. Bot ihr eine Szene. Erzählte ihr eine Episode in der Geschichte eines Tages, einer Woche, eines Jahres.

Was nicht heißen soll, dass Annarella untätig gewesen wäre oder ihre Kunden vernachlässigt hätte. Bei Weitem nicht. Sie besaß wahrscheinlich die beneidenswerte Gabe, mehreres gleichzeitig wahrzunehmen und sich mehreren Dingen zugleich zu widmen. Umso erstaunter war sie jetzt, dass ihr diese Sache offenbar völlig entgangen war. Dass nichts sie hatte aufhorchen lassen.

»Nein«, sagte Angel. »Was soll ich gehört haben?«

Annarella fuhr sich durchs Haar. »Er hat sich in die Balze gestürzt.« Angel schaute sie groß an. »Der Eremo … du weißt schon … sie haben ihn heute Vormittag gefunden. Kannst du dir das vorstellen? Aus heiterem Himmel.« Sie stockte … »Er war ein so froher Mensch« … und glättete eine Falte ihrer geblümten Bluse. »Das hätte ich schwören können.« Angel blieb still. »Mit einer Drohne haben sie ihn entdeckt. Die Filmleute aus Florenz. Wegen der Landschaftsaufnahmen. Für die nächste Folge der Medici.«

Annarella schüttelte den Kopf. Sie wirkte betroffen.

Angel versuchte, sich den Mann vor Augen zu rufen. Sie hatte ihn nicht allzu oft gesehen. Er lebte *oltre le mura*, wie sie, außerhalb der Mauern, aber auf der anderen Seite der Stadt. Wenn, war sie ihm im Istante begegnet, der Bar an der Hauptstraße, der Matteotti, die bei allen Volterranern nur Via Guidi hieß. Dort trank sie ihren Aperitif, wenn sie etwas in der Stadt zu erledigen hatte. Manchmal auch so. Gesprochen hatte sie ihn aber nie.

»Der mit den rötlichen Locken? Und den hellen grünen Augen?«

»Blau«, sagte Annarella. »Blau.«

Angel wurde traurig. »Weiß man schon Näheres? Warum?«

Annarella verneinte. Sie kam hinter dem Schalter hervor und schloss Angel in die Arme. »Das werden wir wohl nie erfahren.« Die beiden blickten sich an. »Er hatte niemanden. Nicht dass ich wüsste«, dachte sie laut. Angel legte ihr die Hand auf die Schulter. Dann wandte sie sich zum Gehen.

»Hier, dein Einschreiben«, sagte Annarella.

Angel lächelte. »Du bist wirklich ein Engel.« Sie steckte den Umschlag in die Tasche, warf Annarella eine Kusshand zu und verließ das Gebäude.

Annarella sah sie quer über die Piazza davongehen, eine kleine schlanke Gestalt, die in den Shorts und dem zerschlissenen Hemd von hinten eher einem Jungen glich als einer Frau Mitte vierzig. Dann nahm ihr eine Gruppe aufgeregter Jugendlicher die Sicht. Nachdenklich machte sie sich daran, den Computer herunterzufahren und die Kasse zu schließen.

Angel zwängte sich durch die Touristenschar vor dem Palazzo dei Priori und bog in die enge Via dei Marchesi, um sich bei Tiziana mit der Tagespresse zu versorgen. Eine Gruppe von Menschen stand diskutierend vor dem Zeitungsladen, darunter auch einige der Filmleute. Früher, hörte sie jemanden erklären, sei es nicht selten vorgekommen, dass einer seinem Leben durch einen Sprung in die Balze ein Ende gesetzt habe. Die Alten erinnerten sich noch lebhaft an jeden einzelnen Fall.

Der Bankangestellte beispielsweise. September neunundsiebzig. Der hatte Vollgas gegeben, war mit dem Auto in den Abgrund gerast. Die Feuerwehr musste ihn aus dem Blech schweißen. Ein halbes Jahr lag er im Krankenhaus. Da haben sie ihn zusammengeflickt. Kaum war er wieder auf den Beinen, ist er los und hat sich vom höchsten Felsen hinabgestürzt. »Wozu dann die ganze Mühe?«, fragte Ubaldo, ebenso ratlos wie vor vierzig Jahren.

Oder die Hausfrau, die das Wasser für die Pasta aufgesetzt hatte, ihrem Mann einen Zettel mit den Worten schrieb, die Soße sei im Kühlschrank, ihren besten Mantel anzog, das Haus verließ, ein paar Freundinnen zuwinkte und wenig später in den Abgrund sprang. »Die war doch verrückt«, warf Tiziana ein, die sich aus der Tiefe ihres Ladens zur Gruppe gesellt hatte, »die hat jahrelang im Manicomio gearbeitet … kein Wunder, dass die Verrückten da im Irrenhaus auf sie abgefärbt haben.«

»Und? Wer hat damals nicht im Manicomio gearbeitet?«, gab Ubaldo zurück.

Bis auf die Filmleute, die es nicht wissen konnten, nickten alle: »Eben.«

Der Junge vom Schreiner, den sie vor Jahren am Grund der Schlucht gefunden hatten. Gerade noch rechtzeitig. Nur weil ein Jäger sich weit in die Balze hineinverirrt hatte. Sonst wäre er einfach verschwunden, für immer und ewig. Vermutlich hätte nie einer herausbekommen, was mit ihm geschehen war.

»Den kannst du nicht mitzählen«, bemerkte Tiziana, »das war ein Unfall … er ist da rumgeklettert und ausgerutscht …«

»Einen Arm hat er verloren«, nickte Ubaldo. »Dabei hatte sein Vater drauf gesetzt, dass er einmal die Werkstatt übernimmt. Aber mit einem Arm. Wie willst du das machen, als Schreiner?«

Die Filmleute sahen sich mehr als einem halben Jahrhundert Stadtgeschichte gegenüber … in Gestalt von Tiziana, der temperamentvollen, sorgsam frisierten Zeitungsfrau, und dem runden Ubaldo, einem der letzten Nobili hier, beide an die achtzig. Sie waren zusammen zur Schule gegangen, hatten beide um dieselbe Zeit geheiratet … Ubaldo eine gebildete Mailänderin, Tiziana einen großherzigen Faschisten … waren zu Instanzen der kleinen alten Stadt geworden, kannten einander fast auswendig und waren sich doch nie wirklich grün.

Der letzte Selbstmörder sei übrigens der von der Versicherung gewesen, bemerkte einer aus der Gruppe. Zwei kleine Kinder. Geldsorgen. Ganz enorme. Wegen der Villa, die er sich kaufen musste. War das denn nötig?

Und jetzt der Eremo. Unbegreiflich. So ein froher Mensch. Hatte man immer gedacht. Wo kam er eigentlich her?

»Von woanders«, schnitt Tiziana das Gespräch ab. »Ciao Angel, die Repubblica? Wenn du in einer Stunde nochmal reinschaust, kannst du auch gleich die Spalletta mitnehmen. Alles zum Nachlesen, schwarz auf weiß.«

»So schnell?«, wunderte sich Angel.

»Massimo Grandini von der RAI«, stellte sich der sonnenbebrillte Herr neben ihr vor. »Wir haben unsere Drohnenaufnahmen gleich zur Verfügung gestellt … samt Kurzbeschreibung, wie wir ihn gefunden haben … sehr gute Fotos, selbst aus höchster Höhe. Es geht eben nichts über die Qualität der Technik. Und wir bei der RAI …« Sein Mund lächelte sie an. »Hätten Sie nicht Lust, als Komparsin bei den Dreharbeiten für die nächste Staffel der Medici dabei zu sein? Wir bräuchten noch ein paar reizende Ladies für Lorenzo Il Magnifico.«

Angel nickte bissig. »War er es nicht, der diese Stadt hier in Schutt und Asche gelegt hat?«

»Vor fünfhundertfünfzig Jahren. Sind Sie so nachtragend?« Grandini schob die Sonnenbrille in die Stirn.

»Ich überleg es mir«, lenkte Angel ein.

»Mach mit, meine Liebe. Ich bin auch dabei«, zwinkerte Ubaldo, »als Knappe, stell dir vor. Dann werden wir uns alle im Fernsehen sehen.«

Massimo Grandini zog ein Lederetui aus der Brusttasche und daraus seine Visitenkarte hervor. »Ich verlass mich drauf.«

Angel ließ das Kärtchen in ihren Shorts verschwinden. »In einer Stunde, Tiziana, ja?«

4

Volterra, eine der Protagonistinnen des etruskischen Zwölfstädtebunds, auf dem Bergrücken hoch über dem Val di Cecina, hatte sich nie mit der Eingliederung ins Herrschaftsgebiet von Florenz und der erzwungenen Abhängigkeit von den Medici abfinden können. Das Herz der Stadt schlägt autonom. Seit Ewigkeiten.

Volterra hatte alles, was es brauchte. Das Territorium war reich. Erze, Kupfer, Silber. Wertvolle Mineralien, die etlichen illustren Volterraner Familien bereits zu ihrem Wohlstand verholfen hatten. Dann wurde 1470 im Val di Cecina ein weiteres Mineral entdeckt. Für die Wirtschaft von strategischer Bedeutung und noch dazu sehr selten in Italien: Alaun. Ein schwefelsaures Salz. Kostbar und schwer zu beschaffen, da es nur in vulkanischem Gestein vorkommt. Unverzichtbar für Wollindustrie, Lederverarbeitung, Papierherstellung und vor allem für die Tuchproduktion, Färberei, Weißgerberei. Alaun lässt alle Farben leuchten.

Die Vorkommen schienen unerschöpflich. Die Medici waren elektrisiert. Mithilfe dieses Minerals könnten sie Italien wirtschaftlich vom Orient lösen, zugleich das Monopol des Papstes über den Mineralienhandel brechen.

Ein wahrer Goldrausch brach los. Die mächtigen Volterraner Familien bekämpften sich gegenseitig und bemerkten zu spät, dass hinter der Gesellschaft, die sich bereits stillschweigend die Schürfrechte gesichert hatte, Verbündete der Medici standen. In unbändiger Wut wieder geeint, stellten die Stadt und die Familien ihre Milizen ab und besetzten die Alaunminen.

Lorenzo de' Medici reagierte prompt. Er forderte den Abzug der Milizen, umgehend, und die Rückgabe der Minen an die Gesellschaft.

Der gute Bischof Antonio degli Agli versuchte zu vermitteln. Keine Chance. Auf keiner Seite. Lorenzo erkannte die Gefahr, die seinem Machtanspruch durch die kleine renitente Stadt drohte, doch er scheute sich, alleine zu handeln. Er brauchte Verbündete. Er wollte nicht riskieren, durch den Alleingang von Florenz die fragilen politischen Gleichgewichte in Italien zu gefährden, durch deren geschickte Gewichtung er doch in die Geschichte einzugehen gedachte.

Schließlich fand er den richtigen Mann … Federico da Montefeltro, Herzog von Urbino … der wüste einäugige Condottiere mit der Hakennase … von dem es hieß, er habe sich die Nasenwurzel herausschneiden lassen, um mit dem ihm verbliebenen Auge, dem linken, auch die von rechts heranziehenden Feinde sehen zu können … und dazu Alliierte in Italien. Mehr als gedacht.

1472, im Mai, zog ein Heer aus siebentausend Söldnern und schwerer Artillerie gegen Volterra und belagerte die Stadt. Sie widerstand. Dann war der Vorrat innerhalb der Mauern aufgezehrt. Die Kapitulation unausweichlich. Belagerer und Belagerte unterzeichneten ein Traktat zur friedlichen Übergabe, die Waffen wurden niedergelegt, die Stadttore geöffnet. Was dann geschah … dass einige Bauern nicht aufgeben wollten, dass sie sich der alten Macht der Magnaten nicht wieder unterwerfen wollten, dass sie von allen Ansprüchen befreit sein wollten und ebenso verzweifelt wie wild entschlossen gegen die Besatzer stürmten … war Montefeltro Grund genug, der Soldateska freie Hand zu lassen.

Die Sieger gaben sich wilden Plünderungen hin, es wurde gemordet und vergewaltigt. Und selbst die venezianischen Truppen, die im letzten Moment zur Rettung von Volterra eingetroffen waren, wechselten die Seite, voller Gier, und schlossen sich den Eroberern an. Ihr Wüten erhielt zu allem Überfluss noch durch ein Erdbeben Unterstützung.

Am 18. Juni 1472 war die Republik von Volterra gefallen. Zwei steinerne Löwen flankierten jetzt das Rathaus. Symbole der Herrschaft der Medici. Sie stehen dort noch heute. Entsprechend erodiert. Als Florenz Lorenzos fünfhundertsten Todestag 1992 prachtvoll beging, feierte auch Volterra. Eine Messe für die Opfer.

Angel legte die Broschur auf den Tisch zurück. »Und nun«, sagte sie, »drehen sie hier also den Mythos der Medici. Und alle sind dabei.«

»Das Ganze ist fünfhundert Jahre her. Was sage ich, mehr noch. Bist du so nachtragend?», fragte Piero. »Außerdem war Volterra selbst an der Geschichte beteiligt, das hast du doch gelesen. Ein Kleinkrieg zwischen den Familien statt Geschlossenheit gegen Florenz. Aber was willst du, es ist ja heute nicht anders.«

Weil sie bis zur Auslieferung der druckfrischen Spalletta noch eine Stunde Zeit hatte, war Angel auf die Idee gekommen, bei Piero in der Bibliothek vorbeizuschauen und dort ein Geschichtsbuch aus dem Regal zu ziehen … »Volterra und die Medici«.

Piero hatte es ihr kopfschüttelnd abgenommen … »was willst du denn mit diesem Schinken?« … und ihr dafür eine Schrift von Enrico Fiumi in die Hand gedrückt, dem Stadthistoriker. »Schau hier mal rein. Da hast du das Wichtigste auf ein paar übersichtlichen Seiten.«

Während er schwitzend einen Wälzer nach dem anderen in die Regale räumte, vertiefte sich Angel in den Text.

»Ich wusste gar nicht, dass du dich für diese alte Sache interessierst. Warum liest du das Zeug nicht im Winter?«, ächzte der Bibliothekar. »Ich entstaube dir gerne ein paar von den Bänden hier. Warst du schon am Meer?«

Angel verneinte. Sie dachte an die Figuren in ihrer Werkstatt. Nicht wider Willen, nein. Sie war anscheinend gerade dabei, sich einer Arbeit zu überlassen, die ihr viel zu tun und denken geben würde.

»Ich komme schon noch hin. Spätestens im September.« Piero strich ihr mit feuchter Hand über das Haar. Angel hauchte ihm einen Kuss auf die nicht minder feuchte Wange. »Such du mir doch schon mal das Richtige heraus. Ich schaue dann vor Weihnachten wieder rein«, sagte sie. »Hast du es übrigens gehört?« Piero pustete sacht über ein zerfleddertes Dokument. »Der Eremo. Der mit den hellen grünen Augen. Sie haben ihn heute Morgen in der Balze gefunden, tot.«

»Frag mich nicht, wen sie in den letzten paar Jahrhunderten alles in der Balze gefunden haben, tot«, erwiderte er ungerührt und ließ den Blick über die mit Historienbänden und Nachschlagewerken tapezierten Wände wandern. »Ich kann dir da noch weitere interessante Lektüren empfehlen. Bring einen Koffer mit, vor Weihnachten.«

»Hier. Gerade ausgeliefert.« Mit spitzen Fingern zog Tiziana ein druckfrisches Exemplar vom soeben gelieferten Stapel des Volterraner Stadtanzeigers.

»Tod in der Balze«. In fetten schwarzen Lettern. Darunter eine Aufnahme der wilden Erdabstürze. Mittendrin, klein, ein Mensch. Das zweite Foto zeigte die Szene in Nahaufnahme. Ein Körper, hingesunken zwischen Büschen und Unterholz, den Kopf, geneigt, auf einem Stein, leicht abgestützt von einem Bäumchen, das ihn am Grund der Balze wie liebevoll aufgefangen zu haben schien.

»Ein neues Opfer der alten Abgründe«, hatte jemand ambitioniert getitelt. »Einer unserer Mitbürger wurde am Morgen leblos in der Balze unterhalb des höchsten Felsvorsprungs gefunden. Eremo, wie er hier hieß – sein richtiger Name ist der Redaktion nicht bekannt –, galt als stiller, liebenswürdiger und froher Mensch. Er zeigte weder psychische Störungen noch depressive Züge. Angesichts dessen und wiewohl es scheint, als sei er freiwillig aus dem Leben geschieden, kann Schlimmeres nicht ausgeschlossen werden. Hinweise und Beobachtungen bitte an die Carabinieri, Kommando Volterra, Piazza dei Priori.«

Auf der nächsten Seite, zwischen den obligatorischen Kleinanzeigen, ein Zoom auf Kopf und Oberkörper. Darunter: »Dank an die Experten der RAI, deren ausgefeilte Drohnentechnik den Toten aufgespürt und uns die aussagekräftigen Fotografien geliefert hat. Die Drohne kam übrigens zu Luftaufnahmen der umliegenden Landschaft für die nächste Folge der Medici zum Einsatz. Gedreht wird im September. Wieder werden Komparsen gesucht. Interessenten kontaktieren bitte Volterra Pro Loco, Piazza dei Priori.«

»Ist doch merkwürdig«, wunderte sich Tiziana. »Als vor ich weiß nicht wie vielen Jahren der Waldarbeiter abrutschte oder was und in die Balze stürzte … das kannst du nicht wissen, ist schon endlos her, wirklich tragisch … da war er nicht mehr wiederzuerkennen. All die Bäume und Büsche und vorspringenden Felsen. Schrecklich.«

Merkwürdig, dachte auch Angel, während sie die Fotos genauer betrachtete. Verletzungen waren nicht zu sehen. Vielleicht doch keine so gute Drohnentechnik? Oder retuschiert? Aus Gründen der Pietät?

»Traurig«, sagte Tiziana ernst. »Wir wussten zwar nicht, wo er herkam, aber wir haben uns an ihn gewöhnt. Was soll das heißen, Schlimmeres?«

Angel zuckte die Achseln.

»Bitte«, verwahrte sich Tiziana. »Warum? Er hat sich nie mit jemandem angelegt. Still, wie er war.« Sie dachte nach.

»Wenn ich es recht überlege … er hat eigentlich gar nichts geredet … ich kann mich nicht erinnern … nur zugehört. Ja«, sagte sie, »er hat wunderbar zugehört.« Sie seufzte. »Weißt du, er schaute fast jeden Tag herein. Auch im Winter. Ich konnte ihm alles erzählen. Wenn nur der Hund nicht immer so gedrängt hätte. Bevor er ihn aufgelesen hat, den kleinen Kläffer, ist er oft geblieben. Eine halbe Stunde. Oder mehr. Bestimmt.« Sie fuhr sich über die Augen. »Ich werde ihn vermissen.«

Angel schloss Tiziana in die Arme, legte drei fünfzig auf die Theke, »auch für die Repubblica«, und wandte sich zum Gehen.

»Hier, noch der Robinson vom letzten Samstag …«, rief ihr Tiziana hinterher. Und drückte ihr das Journal mit einem »schon gut«, in die Hand.

Das erste Mal in all den Jahren, dass Tiziana mir etwas schenkt, dachte Angel, während sie die beiden Zeitungen zusammenfaltete und sich auf den Weg zur Garage machte. Scheint, dass es ihr wirklich nahegeht.

Vom Dom schlug es sieben. Angel passierte eine Reihe betagter Herren, die wie Vögel auf der Mauer hockten, miteinander plauderten und sich an der sanften Abendsonne freuten.

Sie ging über die langgestreckte Piazza Martiri della Libertà, die bei allen Volterranern nur I Ponti hieß, bis zum äußersten Punkt. Von dort aus überblickte man bei einem Wetter wie diesem das ganze Val di Cecina. Und konnte bis zum Meer sehen, das bläulich, grünlich, von hellem Silber und Goldrot durchzogen in der unmerklich sinkenden Sonne flirrte.

Nach dem gestrigen Gewitter war die Atmosphäre so klar, dass sich Korsika nicht nur deutlich in der Ferne abzeichnete, selbst die Falten und tiefen Schluchten seiner Gebirge schienen im schrägen Einfall des Sonnenlichts hervor.

Alles eine Frage der Beleuchtung, dachte Angel. Ob und wie etwas sichtbar wird. Aber ist das, was sichtbar wird, tatsächlich so, wie wir es sehen? Oder wie es uns das Licht verspricht?

Madonna, der Fisch!, schoss es ihr durch den Kopf. Versprochen ist versprochen.

5

Der Kater war selig. Satt saß er unter dem Lorbeerbusch. Schluckte. Leckte noch einmal über seinen Bart. Schleckte drei Tröpfchen vom Boden und begann dann, sich zu putzen. Strich sich mit den Pfoten sorgfältig über die Ohren, von hinten nach vorn, von vorn nach hinten, hielt inne, streckte graziös ein Bein in die Luft, knabberte es ab wie einen Maiskolben und leckte dann mehrmals andächtig darüber. Nun das nächste. Nochmal die Ohren. Ein weiteres Bein. Dann fuhr die raue rosige Zunge zwischen alle fünf Zehen sämtlicher Pfoten, an jeder einzelnen Kralle machten sich die kleinen scharfen Zähne ausgiebig zu schaffen.

Angel betrachtete den Kater von der Werkstatt aus. Sie bewunderte seine konzentrierte Hingabe. Gerade eben noch ein hilfloses blindes Etwas, nur wenige Wochen später ein bewusstes Wesen in einer sich zu erobernden Welt. Selbst wenn es sie nicht gäbe, wenn keiner da wäre, der ihm morgens das Futter hinstellte, jetzt würde er es auch alleine schaffen, hier auf dem Land.

Vor ein paar Tagen hatte sie beobachtet, wie er den Feldweg zum Haus hinunterschlenderte, wie er scheinbar ganz in sich selbst vertieft an der Hecke vorübertrabte, in der eine junge Amsel saß. Die flog unvorsichtig auf, der Kater machte einen Sprung, drehte sich einmal um die eigene Achse wie ein Tänzer, der aus reiner Lebenslust eine Pirouette springt, schnappte den Vogel in der Luft und setzte seinen Weg mit dem baumelnden Geschöpf zwischen den Zähnen fort. Er musste die Möglichkeit, die sich ihm bot, und den Vorgang selbst im Bruchteil einer Sekunde antizipiert haben.

Bis zum Mittag skizzierte Angel Szenen, wie sie die Skulpturen, die vor ihrem inneren Auge langsam Gestalt annahmen, in Verhältnisse bringen und in Beziehungen zueinander setzen wollte.

Das Durcheinander, das der Kater angerichtet hatte, ordnete sich jetzt in ihren Gedanken. Die Bruchstücke und Fragmente wurden zu archaischen Figuren … sie könnten, überlegte sie, vielleicht sogar durch Zeiten reisen … und auf einmal überkam sie eine große Lust, ihr bewährtes Terrain zu verlassen und die Terrakotta, an der sie sich in den letzten Jahren abgearbeitet hatte, mit anderen Materialien zu kombinieren. Sie hier und da vielleicht sogar durch andere Stoffe zu ersetzen. Nicht, dass sie nicht schon früher darüber nachgedacht hatte. Aber wie so oft braucht es den Anstoß, mehr noch, den einen Anstoß. Das kann auch etwas scheinbar Unbedeutendes sein. Der berühmte Tropfen, der das Fass nicht nur zum Überlaufen bringt, sondern der zugleich zum Sprung wird auf einer neuen Bahn.

Sie sah ihre Skulpturen auf einmal eine Bühne betreten, nicht mehr allein und einzeln, wie ausgestellt, sondern im Dialog miteinander.

Gemeinsam würden sie eine Szene entwickeln, vielleicht sogar ein Stück. Würden zu Spielern werden in einem Drama, das nicht von außen auf sie zukam, sondern von innen, aus dem Ensemble, Gestalt gewann.

Sie selbst wären dann die Autoren ihres Stücks. Komödie oder Tragödie, das würde sich im Lauf der Zeit erweisen.

Angel musste an Pirandellos sechs Personen denken, die einen Autor suchen, und freute sich über die Idee, für die paar Autoren, die hier bereits versammelt waren, eine Person zu finden … im Vorgang des Werdens ... den Protagonisten für das Theater … keine Angst, ein überschaubares … das sie ihnen … mit ihnen … erdenken, an das sie Hand anlegen würde.

Und wenn es scheitert, meldete sich etwas in ihr. Wenn du da vielleicht Schein mit Sein verwechselst? Ach was. Sie tauchte ein paar Stofflappen in einen mit Wasser gefüllten Eimer, wrang sie gut aus und schlug sie um die Tonobjekte, die sie am Vortag geformt hatte. Möglichkeiten gibt es allemal. Gesichter viele. Überraschungen, wenn man Glück hat.

Während Angel in der Küche einen Kaffee aufsetzte und in einen rosafarbenen Pfirsich biss, zog sie die Spalletta vom Zeitungsstapel und blätterte zur Seite mit den verschiedenen Aufnahmen vom Toten.

Tatsächlich war ihr die Geschichte nicht aus dem Kopf gegangen. In der letzten Nacht war sie mehrmals aufgewacht. War hochgetaucht aus einem Gewirr von Bildern. Ein Wald … Steineichen … Hügel mit Menschengruppen. Kämpfende, die mit Waffen … Säbeln oder Degen … aufeinander losgingen. Vogelschwärme, die aus den Schnäbeln riesiger Muttervögel flogen, ein Schwarm Türkisblau, einer Petrolgrün, einer Scharlachrot … die sich am Himmel vermischten, explodierten und als schillernd virales Feuerwerk herabregneten. Eichhörnchen und Füchse und Rehe, von Hunden gejagt. Und immer wieder ein Schriftzug … EREMO oder war es OMERO oder beides … und eine Stimme, die etwas sagen wollte, doch kaum zu verstehen war.

Wirklich, eine bewegte Nacht, rekapitulierte Angel, während sie versuchte, sich an weitere Einzelheiten zu erinnern.

Gesichter, ja natürlich, die Gesichter, die ihren Traum bevölkert hatten. Die, wenn sie es recht bedachte, alle zu einem einzigen Gesicht zusammengeflossen waren. Einem Gesicht, das sie jetzt als Nahaufnahme vor sich sah. Das Gesicht des Mannes, von dem nicht einmal Tiziana wusste …

die doch immer alles wusste … wer er war und woher er kam.

Der Pfirsichsaft rann ihr über die Hand und blieb an ihrem Unterarm kleben, während sie sich über das Bild beugte. Was um Himmels willen …

Der lockige Kopf des Toten lag leicht nach hinten geneigt. Die Augen schienen nicht ganz geschlossen. Der Mund war halb geöffnet.

Woran erinnerte sie dieses Gesicht? An wen? Wie konnte man so sterben? So … friedlich … nein, das würde es nicht treffen. Friedlich sah er nicht aus. Eher …

Der Deckel der kleinen Moka klapperte, und der Kaffee begann sprudelnd zu dampfen. Angel stellte die Flamme ab, schnippte den Pfirsichkern aus dem Küchenfenster direkt auf den Komposthaufen und spülte ihre Hände unter einem kühlen Wasserstrahl.

Was war es, das sie an diesem Gesicht so sehr bewegte. Ausnahmsweise ließ sie ein Zuckerstück in den Kaffee gleiten und rührte klingelnd um und um, bis es sich aufgelöst hatte. Ein herrlich süßer erster Schluck. Sie lächelte. Er lächelte. Aber ja. Sein Lächeln … sein faszinierendes, beinahe erotisches, mehr noch, sein dionysisches Lächeln … seine verklärten Lippen, deren letzter Seufzer einer der Wonne gewesen zu sein schien.

Angel trank den Kaffee aus, schlüpfte in die Sandalen, zog die Fliegentür hinter sich zu, schnupperte kurz am unscheinbaren Rosenstrauch mit den kleinen dunkelroten Blüten, die einen Duft verströmten, dass einem schwindlig wurde, zwickte den Kater, der unter seinem Lorbeerbaum döste, ins Ohr und machte sich auf den Weg in die Stadt.

6

Die Pinakothek war menschenleer um diese Zeit. Kein Einheimischer, kein Tourist. Selbst von den Volontären, die mehr oder minder freundlich Tickets verkauften, abrissen oder die vom Eintrittsgeld befreiten Volterraner durchwinkten, weit und breit keine Spur.

Angel trat in den quadratischen, von Arkaden umfassten Innenhof, in dem das gleißende Mittagslicht tanzte. Sie konnte nicht anders, sie musste sich mitten in dieses Flimmern stellen. Ihr Blick wanderte an den drei Stockwerken des Gebäudes empor, an seinen von innen verhängten Fenstern. Sie legte den Kopf in den Nacken und schaute in den tiefblauen Himmel hoch über ihr. Wie sich die Hitze auf ihr niederließ, wie sie über Gesicht, Hals und Arme perlte, an ihrem Körper herabrieselte, sie schon nach wenigen Sekunden ganz und gar erfüllte. Angel dankte allen guten Geistern für diesen herrlichen Moment. Dann nahm sie die hohen, von ungezählten Füßen ausgetretenen Stufen des ehrwürdigen Palazzo Minucci Solaini, der seit geraumer Zeit die Gemälde und Schätze der kommunalen Pinakothek beherbergte. Betrat den abgedunkelten Raum. Warf zunächst einen Blick nach links, auf Ghirlandaios Madonna mit dem Kind. Betrachtete Luca Signorellis Engel der Verkündigung auf der ihr gegenüber liegenden Wand, von einem Dreistrahler herausgeleuchtet. Holte dann Luft, wandte sich nach rechts und ließ sich auf einer schmalen rotgepolsterten Bank nieder. Vor der *Deposizione*. Der Kreuzabnahme des Rosso Fiorentino.

Wie oft hatte sie schon hier gesessen und dieses eigenartige Bild betrachtet. Jedes Mal musste sie tief durchatmen, bevor es ihr gelang, sich ihm auszusetzen. Jedes Mal kam es als Wirbel auf sie zu. Ein dramatischer Wirbel aus Figuren, Körpern, Linien, Farbe und Bewegung.

Unten, in der Bildmitte, am Fuß des Kreuzes, eine langgestreckte kniende Frauenfigur in scharlachrotem, von einem hellgoldenen Gürtel gehaltenen Gewand … den Rücken zum Betrachter … dynamisch vorgebeugt, eine Bewegung, die sich von ihrem linken Bein, vom Scharlachrot bedeckt, in ihren ausgestreckten linken Arm verlängert, mit dem sie, die Junge, den Schenkel einer alten Frau umfasst. Die, Maria … den Kopf von einem schwarzen Tuch geschützt, das Antlitz dunkel und doch leichenfahl … wird zu beiden Seiten von zwei weiteren Frauen gestützt. Würde sie hinsinken … was gut möglich wäre, denn die vordere ihrer Helferinnen scheint abgelenkt, sie dreht den Kopf und blickt fragend aus dem Bild heraus, während die andere, die hintere, ebenfalls in rotes, zinnoberrotes, Tuch gehüllt, gespannt, besorgt fast auf die Kniende zu ihren Füßen blickt … dann würde sich der Kopf der Frau im scharlachfarbigen Gewand und dem leicht wie zum Kuss geöffneten Mund vermutlich tief in den Schatten senken, der Marias Schoß verhüllt.

Aus der Frauengruppe auf der linken Seite des Bildes wächst eine Leiter in die Höhe. Ihr oberes Ende lehnt vor dem Querbalken am Kreuz. Auf der Leiter hangelt ein halbbekleideter Mann, auch er mit dem Rücken … jeder Wirbel, jede Rippe ist darauf abzuzählen … zum Betrachter. Sein nackter linker Fuß berührt den Bildrand. Als stoße er sich davon ab. Mit den Zehen seines rechten Fußes hält er sich anscheinend gerade noch auf einer von den Frauen verdeckten Sprosse. Fast sieht es aus, als hinge er … um dessen Unterleib ein gelblichweißes Tuch gewickelt ist, aus dem zwei kraftvolle Oberschenkel ragen … in der Luft, als schwebte er schräg auf das Kreuz zu.

Dabei scheint er, trotz der für ihn nicht ungefährlichen Lage, mit dem linken Arm das Bein der teuflischen Gestalt über ihm wegzudrücken, um an die Leiter zu gelangen und sich im letzten Moment dort festzuhalten. Sein anderer Arm greift unter die angewinkelten Knie des Christus. Dessen Füße ruhen auf dem Vorsprung des Kreuzes. Zarte Füße, tänzerisch, übereinanderliegend, das Blut an den Rändern des tiefen Lochs, durch das der Nagel sie ans Kreuz schlug ... er ist bereits entfernt ... scheint schon verkrustet, die Füße schimmern grünlich … wie der ganze Körper des Christus.

Grünlich, Grün … so eine Sache. Da scheidet sich die Farbsichtigkeit. Vielleicht handelt es sich eher um ein Oliv, vielleicht auch um ein dunkles Gelb, ein Ocker. Vielleicht vermischt mit ein paar rötlichen Partikeln.

Die wilde satanische Gestalt links oben auf der Leiter, mit ausgestrecktem Arm, weist mit dem Zeigefinger auf die Seitenwunde des Christus, fast wie ein Aufschrei. Womöglich will sie aber auch den Jungen, der den Christuskörper von der anderen Seite, von einer zweiten, am Rücken des horizontalen Kreuzbalkens ruhenden Leiter aus balancierend mit dem linken Arm stützt … wobei sich seine rechte Hand von hinten an das Kreuz klammert und er den eigenen, zwischen Kreuz und Christus eingeklemmten Hals zu riskieren scheint … womöglich will sie ihn durch ihren Schrei auf etwas hinweisen, etwas Erschreckendes, eine Gefahrenquelle, vielleicht.

Erst auf den zweiten Blick wird überraschend deutlich, dass der Junge sich gar nicht auf der hinteren Leiter hält, sondern brenzlig auf einer anderen Leiter steht, die vom rechten unteren Bildrand aus schräg zum horizontalen Kreuzbalken hochstrebt. Wo sie anlehnt, ist nicht zu erkennen. Wahrscheinlich wackelt sie. Sie wird gestützt. Von einem Kind in ärmelloser Tunika ... hellgelb, leicht grünlich ... um seine Taille ist ein dunkelgrünes Tuch geknotet. Als hätte der Maler die Farben, die er im Körper des Christus zu einer mischt, hier in ihre Bestandteile zerlegt.

Das Kind scheint von den Frauen abgelenkt. Sein Blick fällt in das dunkle Dreieck unterhalb von Marias Schoß. Es stützt die Leiter zwar, und seine braunen Arme wirken kräftig. In diesem auf Höhe der Christusfüße in zwei Hälften … wenn nicht gar Welten … geteilten Bild steht es jedoch für sich, dazwischen. Womöglich ist sein Interesse an dem, was oberhalb von ihm geschieht, nicht groß genug, um aufzublicken. Womöglich fürchtet es sich auch.

Der Mund des wilden Satans unter dem schwarzen Bart ist wie zu einem Ruf geöffnet. Oder er hat den Ruf schon ausgestoßen … so unruhig … entsetzt vielleicht … wie sein Blick dem ausgestreckten Arm folgt. Ein schwarzes Fell liegt schwer auf seiner Schulter. Schwarz auch sein struppiges Haar. Ein Schwarz, das sich als schattiger Pinselstreif in seinen Arm verlängert. Hinter ihm bläht sich ein Tuch in Rot, Florentinerrot, gehalten von einem dramatisch um die Taille geschlungenen lachsfarbenen Schal, krude durchsetzt mit schwarzblaugrün zerfetzten Schatten.

Am oberen Rand des Bildes … einer etwa drei Meter fünfundsiebzig hohen gerundeten Tafel … erscheint zusammen mit dem Wilden ein weißbärtiger Alter. Er steht auf der rechten Leiter und beugt sich über das Kreuz, die Arme aufgestützt und ebenso aufgeregt wie der Satanische, dem er etwas mitzuteilen scheint. In Purpur er, ein stahlblaues Tuch um den Kopf, und über ihm, im schwarzen Himmelsrund über dem Kreuz … ein Himmel wie vor einem heftigen Gewitter … womöglich auch ein Blick in die Schwärze des Kosmos … weht seine Schärpe … vielleicht stürzt ein Komet.

Jedenfalls, dort oben herrscht Sturm. Zumindest ein heftiger Wind. Wo doch unten kein Lufthauch geht. Oben aber der Wirbel … alles im Wirbel … um den Christus, den die

Männer so fieberhaft und mit vereinten Kräften vom Kreuz herabhieven.

Und er? Scheint in den Armen des ihn von rechts stützenden Jungen zu ruhen. Genussvoll hingesunken. Sein Kopf liegt leicht schräg im Nacken, die Wange, von orangerotem Flaum bedeckt, lehnt sanft an seiner linken, wie spielerisch in die Höhe gezogenen Schulter. Seine rötlichen Locken kräuseln sich zart vor dem Kreuz. Seine verzückten Augen sind nicht ganz geschlossen. Sein erotischer Mund, der einen Seufzer auszustoßen scheint, bleibt halb geöffnet. Auf seinen verklärten Lippen, eins mit allem, liegt ein Lächeln … ein ekstatisches, orgiastisches Lächeln. Verstörend … irritierend … rätselhaft und unvergesslich.

Wie das des Eremo. Des Toten aus der Balze.

Angel musste weinen und wusste nicht, warum. Die Tränen rannen über ihre Wangen. Sie machte keinen Versuch, sie aufzuhalten oder abzuwischen. Sie ließ sie strömen, saß da und schaute durch den silbrigen Schleier auf das dionysische Gesicht.

Auch die Figur rechts im Bild weint, den Rücken tief gebeugt, den Kopf mit dem rötlichen Haar in beide Hände vergraben. Das Licht, das von rechts, von einer Lichtquelle außerhalb des Geschehens auf die Gestalten prallt, erhellt ihr Gewand … petrolblau oder grün, so wie der Hintergrund. Sinkt der Abend oder dämmert gar der Morgen? Der lachsfarbene Umhang, der den Weinenden schützen soll und ihm, erschüttert wie er ist, doch von der Schulter gleitet, formt das obere Rund des Bildes nach.

Der Weinende steht allein. Rosso Fiorentino. Der Maler selbst. Vom Geschehen abgewandt. Ein verweigertes Selbstporträt. Er spielt den heiligen Johannes auf dieser widerspruchsvollen Bühne.

Warum er so verzweifelt ist? Er hat das alles selbst gemalt.

Zwischen seinem gebeugten Kopf … im Nacken streift ihn eine Flut aus Licht, gleitet über seinen linken nackten Unterarm, der an den Bildrand stößt … und den dunklen Hügeln, die sich von unten in das Bild hineinschieben, eine helle blaugrüne, fast türkise freie Fläche.

Und da erscheinen plötzlich fünf Figuren, weit in der Ferne, stecknadelklein. Rotweiße Federbüsche schmücken Kopf und Hut. Zwei von ihnen kämpfen auf dem Kamm des Hügels vor der türkisen Atmosphäre. Mit Säbeln oder Degen. Einer zieht sich schon bedrängt zurück. Vielleicht handelt es sich auch nur um eine Übung. Für irgendeinen Ernstfall. Schwer auszumachen. Zwei stehen weiter vorn und reden. Der linke scheint gelassen. Der rechte aggressiv. Ein fünfter, der mit dem schönsten Hut, hält sich abseits. Anmutig weist sein eines Bein nach vorn. Auf dem anderen steht er fest.

Die fünf Figuren sind für sich. Das, was sich vorn ereignet, scheint sie nichts anzugehen. Die Gruppe vor ihnen scheint sie nicht wahrzunehmen. Bis auf den Rosso selbst. Vielleicht.

»Hier, bitte. Nehmen Sie.«

Angel hatte nicht bemerkt, dass es jetzt auch andere Besucher in der Pinakothek gab. Sie löste ihren Blick von dem Bild, von dem zwischen Himmel und Erde schwebenden Christus, von dessen Lächeln, und griff nach dem Taschentuch, das ihr gereicht wurde. Sie trocknete die Tränen, putzte sich die Nase und schaute auf, um sich zu bedanken.

Der Mann verließ den dunklen Raum jedoch schon durch die Tür zum Treppenhaus. Ein Lichtstrahl, der durch eines der Fenster im Obergeschoss fiel, glitt flüchtig über seine rötlichen Locken.

7

In Gedanken versunken ging Angel die Via dei Sarti entlang. Woher kam es nur, dass dieses Bild sie so bewegte? Dieses Lächeln, das dem des Toten aus der Balze so ähnlich war. Hatte nur sie es gesehen? Hatte sie es sich eingebildet? Etwas kurzgeschlossen? Und was wohl? War es wirklich so?

Allmählich erwachte die Stadt nach Mittagessen und Siesta zu neuem Leben. Die Rollläden vor ein paar Lebensmittelgeschäften wurden in die Höhe gezogen. Neben der geöffneten Tür einer Tabaccheria lehnte deren Besitzerin und rauchte. An der Ecke zur Matteotti sprang ein Ball gegen die Wand. Ein Kind weinte. Aus einem Fenster drang Technomusik. Aus einem anderen sang Eros Ramazzotti. Im Schaukasten des Kinos tauschte jemand die Plakate aus. Das Programm für die letzte Juliwoche. Vor der Sommerpause im August. Der neue Spiderman. Escape – Plan 3. Geheimnis einer Familie. Powidoki, von Andrzej Wajda. Also auch hier angekommen, stellte Angel fest. Auf Italienisch »Il ritratto negato«, das verweigerte Porträt.

Wajda verlässt uns und die Welt mit der Erzählung von einem freien Mann, dem Maler Władysław Strzemiński, einer wesentlichen Figur der malerischen Avantgarde der modernen Kunst, hieß es in der Ankündigung, die gerade mit Heftzwecken an der Rückwand des Kastens befestigt wurde. Und weiter: Der Maler, obwohl im Ersten Weltkrieg durch eine Granatenexplosion schwer versehrt, wird nicht müde, den Studenten seine Theorie des Sehens nahezubringen, beziehungsweise den ontologisch subjektiven Akt des Sehens und Wahrnehmens.

Sehr anspruchsvoll für einen Kinotext, dachte Angel. Freitag, nach dem Abendessen, halb zehn. Wahrscheinlich würde Gianluca schon zurück sein. Gewiss hätte er Lust, sie zu begleiten. Sie würde ihn anrufen.

Die Tür zum Istante stand weit offen, und Angel trat verwundert ein. »Ciao, Manù! Hast du's endlich eingesehen, dass die Klimaanlage nichts bringt außer Sommergrippe?«

Manuele, der Besitzer der Bar, stöhnte hinter der Theke. »Cara mia, du kommst zehn Minuten vorbeigeschneit, ich stehe seit heute früh um neun schon hier und schwitze. Das Ding spinnt. Die Luft, die es rausbläst, kommt, scheint's, direkt aus der Sahara. Aber keine Sorge. Morgen ist es repariert!«, verkündete Manuele, setzte aber vorsichtshalber ein »so Gott will« hinzu.

Er zog eine Flasche Sanbittèr Rosso aus dem Kühlfach, schnippte den Kronenkorken ab, ließ den leuchtend roten Inhalt über eine Handvoll Eisstücke in ein Cocktailglas sprudeln, spießte mit der Messerspitze zwei Zitronenscheiben auf und senkte sie samt Strohhalm in die Flüssigkeit.

Ganz gegen ihre Gewohnheit ließ sich Angel an einem Tischchen in der Ecke nieder. Eigentlich stand sie viel lieber am Tresen, die Ellenbogen aufgestützt, nippte am obligatorischen Sanbittèr und beobachtete die Menschen, die hereinkamen, hinausgingen oder vorüberliefen. Die zusammengewürfelte Menge, die sich an den hohen Fenstern vorbei drängte … auf der Hauptstraße, so eng, dass selbst im Juli nur für wenige Stunden volles Licht einfiel.

Heute saß Angel an dem Tischchen, weil Manuele sie darum gebeten hatte. Er deutete Danilo, dem Kellner, mit einem Nicken an, kurz für ihn zu übernehmen, und zog sich einen Stuhl herbei.

»Weißt du, dass er immer hier gesessen hat? Wenn er in die Stadt kam. Bestimmt drei vier Mal die Woche, auch im Winter. Hier saß er. Mit einem Rotwein. Madonnino del Chianti. Einer unserer besten. Hast du mal probiert? Immer nur ein Glas. Wenn ich ihn gefragt habe: Willst du nicht noch eins?, hat er den Kopf geschüttelt, immer. Warte … nur einmal, da habe ich ihm die ganze Flasche gebracht … Wann das war? Auf jeden Fall in diesem Jahr. April vielleicht. Oder Mai. Aber man hat ihm nichts angemerkt. Die Flasche habe ich ihm übrigens spendiert. Er hat mir ja auch hin und wieder eine Zeichnung geschenkt. Er hat meist gezeichnet, wenn er hier saß. Eigentlich ständig, wenn ich's recht bedenke … Kannst du dir das erklären? Wenn ich nur irgendwas gespürt hätte. Aber er war immer … wie soll ich dir das sagen … so bei sich, so eins mit sich, vielleicht sogar mit allem.«

Manuele lächelte verlegen. »Ist gar nicht meine Art. Ich meine, so zu reden. Ist mir alles viel zu esoterisch … aber wenn du mich schon fragst … Kam vielleicht davon, weil er allein war, so auf sich selbst verwiesen. Er hatte niemanden. Nur den Hund. Auf einmal kam er mit dem Hund. Oder der mit ihm. Ein Findling, ein kleiner struppiger. Was wohl aus dem wird jetzt? Aber sonst war er wirklich ganz allein. Hieß ja nicht umsonst der Eremo … Sein richtiger Name? Ja, du stellst Fragen. Keine Ahnung. Offen gestanden. Ich habe noch nie darüber nachgedacht. Eremo, das passte zu ihm. Ein echter Einsiedler. Jemand hat mir erzählt, dass er im Tal wohnt … wohnte, ja … unterhalb der Balze, dort, wo die kleine Straße hinabführt. In einem Haus auf dem Hangstück, das Giorgio gehört, du weißt schon, der mit dem Marktstand, der beim Obstverkaufen singt. Eher eine Hütte, wenn du mich fragst. Ganz einfach. Ich weiß nicht, ob es dort überhaupt Strom gibt. Wasser bestimmt. Zumindest eine Quelle … Ja, du hast recht, er muss die Balze gut gekannt haben. Wusste genau, wo man am besten runterspringt. Wenn man da nicht die richtige Stelle erwischt … Vor Jahren gab es mal einen Jungen, der ist ausgerutscht oder ich weiß nicht was … ach, du kennst die Geschichte … Den einen Arm hat er verloren. Wenn du wirklich Schluss machen willst, musst du dich auskennen. Sonst kommst du schlimmer raus, als du reingehst. Aber er … Ich kann's mir einfach nicht erklären.«

Angel legte ihre Hand mitfühlend auf Manueles mit einem feuerspeienden Drachen verzierten Unterarm. Er sah sie dankbar an. »Es geht mir wirklich nah. Ich konnte ihm alles erzählen. Selbst die Sache mit … du weißt schon … Er hat alles verstanden. Er hat immer alles verstanden. Er wird mir fehlen«, sagte er traurig.

Ohne dass es Angel bewusst gewesen wäre, fuhr sie dreimal gedankenverloren um den Kreisel auf der Via Garibaldi und schließlich in Richtung Balze aus ihm heraus. In der Ferne blitzte das Meer als Silberstreif. Sie bog hinab ins Tal und durchquerte den langgestreckten Borgo San Giusto, die Vorstadt von Volterra.

Piccola Russia … so hieß das früher hier. Einmal schlug in diesen Gassen das rote Herz der Stadt … schlägt heute vielleicht noch ein winziger Teil davon … Antifaschisten und Partisanen, die hier lebten. Einer der letzten, ein kleiner schmaler Mann mit einer dicken Brille, erzählte Generationen von Kindern, wie er nach dem Krieg aus Russland zum Borgo San Giusto zurückgekommen war, zu Fuß. Und immer lachten sie ungläubig. Russland, das ist wie der Mond so weit. Zu Fuß. Wie ist das möglich? Auch der kleine, inzwischen uralte Mann lachte mit ihnen. Er konnte es selbst kaum glauben. Aber so war es gewesen.

Jetzt saß er auf der Terrasse vom Nachbarschaftsclub, wo die Alten des Viertels sich den Nachmittag mit Kartenspiel vertrieben, lauschte den Gesprächen und hing seinen Gedanken nach.

Die Leute hier gehörten schon immer zu den Ärmeren der Stadt. Arbeiter, Tagelöhner, kleine Handwerker. Man war faschistisch erzogen, grenzte sich ab, orientierte sich neu, wurde antifaschistisch, schloss sich den Partisanen an. Man traf sich im Club, der Ende der Fünfzigerjahre als Kulturverein Circolo Arci neu erstand, aß, trank und feierte miteinander. Politisierte. Und diskutierte. Über Arbeit und Soziales, über eine gerechte Verteilung der Mittel und des Reichtums, über Umwelt, Klima und Kultur.

»Um dieselben Themen geht es heute so wie damals.« Dies stand auf dem Spruchband, das die Straße überspannte. Die Ankündigung des jährlichen antifaschistischen Fests, am letzten Wochenende im September. In diesem Jahr war auch das antirassistisch wieder dabei … aus gutem Grund. »No Human is Illegal« … und … »Wir wollen einen Moment der Einheit und des Miteinanders schaffen« … las Angel, als sie auf das Banner zusteuerte … Gut, dachte sie, ich werde hingehen.

Kurz darauf parkte sie den Panda auf dem kleinen Schotterplatz neben der Balze, winkte dem Schreiner, der einer Reihe wackeliger alter Stühle neuen Halt gab, einen Gruß zu und ging langsam die schmale Straße hinab ins Tal.

8

Die Nachmittagssonne traf auf den Südwesthang der Stadt und fiel direkt in die Balze. Das Licht verfing sich in den Schrunden und Kratern der Abstürze, glitt über ihre rauen Kämme und die jäh vorspringenden Klippen. Traf auf das Gelb des porösen Sandsteins mit seinen Adern bläulicher Argilla, den Schichten perlweißer Tonerde, den erodierten Rinnen sandigen Kalksteins und den Schlieren aus gelbrötlichem Lehm. Leuchtete in jede Falte der Kalanken, die das Gelände zerschnitten, und deren messerscharfe Rücken und schmale Zinnen durch den Einfall des Lichts an Plastizität gewannen. Tiefblaue Schatten tasteten sich aus den Schluchten empor und blieben in der wilden, struppigen Vegetation hängen, die manche der nicht vollständig ausgedörrten Oberflächen überwucherte. Gleißend stießen sich die Strahlen von den hellgrauen Erdverwerfungen unterhalb von San Cipriano ab. Die Zypressen, denen der Ort seinen Namen verdankt, standen umso dunkler vor dem azurnen Himmel.

Angel betrachtete diese durch tragische Erdrutsche und Felsstürze, durch jahrhundertelange beharrliche Erosionen und ständig sich erweiternde Schluchten entstandene Geometrie des Raums. Eine theatralische Landschaft. Gewachsen durch eine Vielzahl winziger und ein paar gewaltige Ereignisse, über eine unendlich lange Zeit. Wie viele Schauspiele bringt das Licht dort Tag für Tag zur Aufführung. Jede Wolke, die sich vor die Sonne schiebt, ein kürzerer oder längerer Monolog. Jeder Regenguss ein mildes, herzhaftes oder tragisches Weinen, dem Zerstörung folgt oder Aufatmen.

Der Wind, der durch die Büsche und Bäume fegt und den losen Staub zu Säulen wirbelt, ein Sturm von Nachrichten, der die Szene aufmischt.

Angel fragte sich, ob solch ein spektakuläres Gebiet wirklich den Namen Badlands verdient hatte. Ödland, Malpaís … *les mauvaises terres à traverser* … Sie sah es anders, immer wieder von neuem ergriffen vom Ungestüm der Balze. Erschreckt übrigens auch. Am Abend, wenn die Dunkelheit wie Tinte in die Tiefe fließt.

Seit dem zehnten Jahrhundert vor Christus befand sich auf diesem Gebiet die Nekropolis der etruskischen Stadt. Irgendwann wurde auch sie von den Erdmassen in den Abgrund gerissen. Viele Urnen konnten im Lauf der Zeit geborgen werden. Jetzt lagerten sie mit ihren Besitzern im etruskischen Museum. Auch wenn deren Asche beim Sturz verlorenging, ihr Bildnis überdauerte als Skulptur auf den Urnendeckeln. Ähnlichkeiten mit Lebenden nicht ausgeschlossen. Wie oft hatte Angel schon gemeint, in den Gesichtern der seit ewig Toten typische Züge alteingesessener Volterraner Familien entdeckt zu haben. Welch eine Stadt. Deren historische Schatten sich in den geologischen Schichtungen der Balze spiegeln.

Je tiefer Angel ins Tal gelangte, desto höher ragten die Abstürze über ihr auf. Das musste er sein, der Pfad, der zur Hütte des Eremo führte. Und das da hinten musste die Hütte sein. Was will ich hier, fuhr es ihr durch den Kopf, was suche ich. Ohne darüber nachzudenken, war sie dem Toten gefolgt. Von dem keiner wusste, woher er kam. Den keiner wirklich kannte. Den einige dennoch schmerzlich zu vermissen schienen. Und dessen Lächeln, dessen lächelnder Tod, ihr nicht aus dem Kopf ging.

Manuele hatte Recht. Strom gab es hier keinen. Nicht eine Leitung weit und breit. Dafür Olivenbäume, reichlich zerzaust, von wilden Brombeeren durchzogen. Die müssen vor dem nächsten Frühjahr unbedingt beschnitten werden, dachte Angel.

Der schmale Pfad führte durch eine hohe Wiese. Zwischen den in der Hitze vertrockneten Gräsern spross neues Grün. Hier und da eine späte purpurrote Sulla inmitten eines Meeres rosiger Kleeblüten, denen ein honigsüßer Duft entströmte. Rechts von der Hütte … eher ein winziges rustikales Häuschen aus Stein … wuchs eine niedrige Hecke aus hellrot blühendem Oleander. Links eine Pinie, deren Schatten auf den Eingang fiel. Hinter dem Haus wucherte ein breiter Streifen Unterholz. Ihm folgten Hügel, Täler, bereits abgemähte Felder. Dazu ein weiter Blick von der Anhöhe Richtung Meer. Paradiesisch. Nichts anderes fiel Angel dazu ein. Natürlich nur zur warmen Jahreszeit. Im Winter musste es hier eisig sein. Wenn sich die Tramontana von den Apuanischen Alpen herabstürzt.

Angel ging langsam auf die Eingangstür zu. Unter der Oleanderhecke entdeckte sie einen Brunnen mit einer teils verrosteten Pumpe. Vorsichtig bewegte sie den Schwengel. Ein Wasserstrahl spritzte hervor und vertrieb die Eidechse, die sich auf einem warmen Stein gesonnt hatte. Angel tauchte die Hand in das Nass, benetzte Arme, Hals und Stirn. Holte dann Luft und drückte auf die Klinke. Die Tür war nicht verschlossen.

Drinnen war es dunkel. Licht flirrte nur durch Ritzen in den Fensterläden. Tanzte als flimmernde Partikel durch den Raum. Angel bewegte sich in ihnen auf das Fenster zu. Ertastete den Knauf, drehte ihn, öffnete die Scheiben und stieß vorsichtig die Läden auf. Dann wandte sie sich um und blickte in den schlagartig lichtdurchtränkten Raum. Ein langer alter Holztisch. Ein Stuhl. Ein Sessel neben dem von vielen Feuern geschwärzten Kamin. Ein schmales Bett. Schmiedeeisen. Davor eine abgenutzte Matte, aus Stroh geflochten. Ein schmächtiger Bauernschrank, bemalt mit Rosen. Und an den einstmals weiß gekalkten Wänden Blätter mit Zeichnungen. Ein Blatt neben dem anderen. Auf dem Tisch Skizzenblöcke. Alben. Stapel von Zeichenbüchern. Zusammengeklappt. Aufgeschlagen. Zu Ziehharmonikas auseinandergefaltet.

Angels Herz begann zu klopfen. Sie machte einen Schritt auf die Zeichnungen zu. Studien über Studien. Rötel, Kohle, Sepia. Feder, Tinte, Blei. Der kleine Raum war über und über bevölkert. Mit den Figuren des Rosso Fiorentino.

Angel wurde schwindlig. Alles drehte sich vor ihren Augen, ein Wirbel aus Gestalten, Stimmen, Gesten, Lächeln, Wind und Licht.

Als sie zu sich kam, lag sie mitten im Raum auf den Dielen. Ein kleiner struppiger Hund leckte ihr übers Gesicht. Ihre Augen begegneten den seinen. Er stutzte und verschwand durch die Tür, die einen Spaltbreit offen stand.

Angel setzte sich auf und rieb ihren schmerzenden Hinterkopf. Der Raum hatte aufgehört, sich zu drehen. Jetzt roch sie den Geruch von Zedernholz, der sacht in der Luft hing. Langsam kam sie wieder auf die Beine. Sie wanderte die Wände ab.

Motive aus Rossos Kreuzabnahme. Nichts anderes. Das ganze Personal. Skizzen zu den Frauen, ihren Haltungen und Gewändern. Studien zu den stützenden, tragenden Armen der Männer. Zu ihren muskulösen Beinen, den tuchumschlungenen Hüften, den kräftigen Körpern. Umrissene, hingeworfene, sorgfältig studierte Bewegungen. Köpfe, aus jeder Perspektive. Der bärtige Alte, der Diabolische, das Kind. Die Frau, die aus dem Bild herausblickt. Blätter, die nur Hände zeigten. Wie sie sich festklammerten, wie sie suchend durch die Luft fuhren, entschieden auf etwas hinwiesen. Die Hände des

Rosso, vor seinem Gesicht, die Finger verschränkt. Winzige Figürchen mit Federbüschen, im Ausfallschritt.

Wie oft, wie lange, dachte Angel, musste er vor dem Bild gesessen haben, der Eremo, der Tote aus der Balze. Warum hatte sie ihn nie gesehen. War ihm nie in der Pinakothek begegnet. Er schien das Bild förmlich in sich eingesogen zu haben. Und musste selbst ein Zeichner oder Maler sein. Gewesen sein. Das waren keine Studien eines Laien. Es schien, fuhr es ihr durch den Kopf, als sei er schier versunken. In diesem Bild. Und doch war alles nichts gegen das, was Angel auf dem Tisch entdeckte. Die Studien zum Johannes, zum Christus, die Alben, Blöcke, Bücher füllten, dicht an dicht.

Angel durchblätterte jeden Block. Öffnete ein Buch nach dem anderen. Wie verzaubert. Schulterrundungen und Arme. Hände, muskulös, dann wieder mädchenhaft und zart, beinahe zerflossen. Kraftvolle Oberschenkel. Knie. Füße, voller Leben. Als würden sie davonspringen wollen. Locken, rötlich, orangerot. Augen, halb geschlossen. Lider, hinter denen die Pupillen schimmerten. Münder. Lippen. Lächeln. Ein tausendfaches Lächeln. Es füllte die Seiten der Bücher, wie es offenbar den Geist des Eremo erfüllt hatte. Eine Obsession. Angel war in die Werkstatt einer Obsession geraten.

Sie konnte sich des Gefühls nicht erwehren, in einen Spiegel zu blicken. Wer spiegelte sich hier in wem. Wie ein exotischer Vogel zog ein Bild durch ihren Kopf, traf auf ihr desorientiertes Denken. Ein Liebender, der den Geliebten wie in einem Spiegel anschaute, ohne zu wissen, dass er in ihm sich selbst beschaute. Wer war hier wer.

Behutsam klappte sie die Alben zu. Faltete die Ziehharmonikas zusammen. Stapelte die Bücher aufeinander. Schob das Fläschchen mit der roten Flüssigkeit … ein Lack vielleicht oder ein Likör … das sie beiseite gestellt hatte, um keines der Blätter zu beschmutzen, an seinen Platz zurück. Alles sollte so sein wie zuvor. Ganz unbedacht und ahnungslos, doch wie angezogen von etwas, das sie sich nicht erklären konnte, hatte sie ein Heiligtum betreten. Fast schämte sie sich, in das Reich des Unbekannten eingedrungen zu sein. Sie schloss die Läden, das Fenster. Verließ auf Zehenspitzen den nun wieder dunklen Raum und zog die Tür hinter sich zu.

Die Sonne stand noch ziemlich hoch am Himmel, als sie sich auf dem Pfad wiederfand, inmitten der Wiese. Und doch … sie hatte das Gefühl, als sei sie Jahre unterwegs gewesen. Eine Zeitreise. Es konnte aber nicht später sein als sieben. Ein leichter Wind fuhr durch ihr Haar, als sie sich auf den Weg nach oben machte. Sie blies sich eine feuchte Strähne aus der Stirn. Sie hätte zerspringen mögen und wusste nicht, ob vor Aufregung, Bangigkeit, Schauder oder Glück. Durch den dünnen Stoff ertastete ihre Hand das kleine Skizzenbuch in der Tasche ihrer Shorts. Sie hätte es nicht tun sollen. Sie hätte alles sich selbst überlassen sollen. Aber etwas war stärker gewesen. Sie hatte es in ihre Tasche gleiten lassen, hatte es mitnehmen müssen. Sie fing an zu laufen. Sie rannte schnell, immer schneller, die Straße hinauf zum Schotterplatz. Atemlos, keuchend kam sie oben an.

»Trainierst du für einen Marathon?«, rief der Schreiner, als er sie erblickte, hochrot im Gesicht. »Da hast du noch was vor dir.«

Angel warf ihm ein Lächeln zu. Er lächelte zurück, beobachtete, wie sie den Panda wendete und sah ihr nach, als sie vom Schotterplatz hinab und in die Via Pisana bog. Dann wandte er sich wieder seinen Stühlen unter dem Wellblechdach zu, die von der Abendsonne mit einer rötlichgrünen Patina überzogen wurden. Dies eine Bein da würde er noch richten, dachte er, griff nach Beitel und Holzleim und begann, sich auf den ersten kühlen Schluck zu freuen.

Von der Anschlagtafel am Stadion, das Angel passierte, sprang ihr die schlichte Anzeige ins Auge. Sie hielt an, beugte sich aus dem Fenster und las ... Unser Mitbürger (genannt) EREMO hat seiner Reise auf Erden ein Ende gemacht. Die Beisetzung findet morgen, 15 Uhr, in aller Stille auf dem kommunalen Friedhof statt ...

9

Die Mondsichel war schon seit geraumer Zeit verschwunden, doch Angel konnte sich noch nicht von der lauen Nacht trennen. Sie lauschte dem Konzert der Grillen und Frösche und dachte nach. Das heißt, sie versuchte leidlich Ordnung in den Wirbel ihrer Gedanken zu bringen.

Was mochte diesen Menschen, den Eremo, den Toten, bewogen haben, sich an dieses Bild zu binden. Was mochte ihn derart erschüttert haben. War es ein Trug, den er für Wirklichkeit genommen hatte. In welches Labyrinth war er geraten. Von welcher Euphorie getrieben, welchem Wahn erlegen. Faszination in jedem Fall. Das konnte sie verstehen. Ihr ging es kaum anders. Aber wohin hatte ihn das geführt. Lass dich von dem, was nicht zu erkennen ist, an der Hand führen … fast schien es ihr, als spräche eine Stimme aus dem Äther. Wer hatte das gesagt … Und finde Formen und Fragmente aus einer lange vergangenen Zeit wieder, die erklären, was dir an Unsagbarem zustößt.

Jetzt, ja, erinnerte sie sich. Auch der Freund, der ihr diese Sätze anvertraut hatte, war ein Maler gewesen. Auch er war in einem Bild versunken. Der Anfang einer Metamorphose, so hatte er es ihr damals beschrieben … vor einer Zeit, die ihr in dieser Nacht als halbe Ewigkeit erschien und zugleich wie gestern … die Hälfte seines Lebens hatte sie in Anspruch genommen. Wenn es gelänge … er pflegte laut zu denken … diese Erfahrung in ihrer wahren Realität zu erklären, das heißt in der Gesamtheit ihrer geistigen und körperlichen Vorgänge, dann wäre es, als würde man sich selbst, wach und denkend, an einem seiner eigenen Träume teilhaben lassen.

Vielleicht hatte sich der Eremo in einem solchen Traum verloren. Nach welcher Hand hatte er gegriffen, im Nebel. War er einer Liebe erlegen, einer Sehnsucht oder womöglich einem Erschrecken … beim Gedanken an das Furchtbare in Gestalt einer absichtsvollen Täuschung, eines trügerischen Scheins. Oder waren es wirklich nichts als Skizzen, Studien, um die mannigfachen Schichten eines atemberaubenden Bildes zu begreifen.

Vielleicht war sie es ja, die sich verrannte. Aber das Lächeln. Sie kam nicht darüber weg. Sie legte den Kopf in den Nacken und schaute zu den Sternen. Schwan, Großer Wagen, Kassiopeia … herrliche Sterne … tot können wir euch nicht mehr sehen …

Das ist doch mehr als schade, dachte sie und nahm einen Schluck Rotwein. Madonnino del Chianti. Manuele hatte ihr beim Hinausgehen eine Flasche in die Hand gedrückt. »Hier. Trink auf ihn.« Und noch gerufen, da war sie schon in der Tür: »Wenn er dir gefällt … ich kann dir gern ein paar Kisten davon bestellen!«

Wann beginnt man, an den Tod zu denken ... nein, nicht an den Tod im Allgemeinen, an den eigenen … hatte ihr Freund, der Maler, damals gefragt.

Eine Sternschnuppe glitt durch den Himmel. Ein dünner Feuerschweif. Die erste Laurentiusträne. Laurentius, dachte Angel, während sie das kurze Nachglühen zu verfolgen suchte, war nicht er es gewesen, der den Schatz der Kirche an die Gemeinde verteilt hatte, an Arme, Kranke und Bedürftige. Wofür man ihn auf einem glühenden Eisenrost zu Tode quälte. Seither fallen seine brennenden Tränen vom Himmel. Sie reiten auf den Perseiden, einem Strom von Meteoren, und versprühen sich über uns. Am eindrucksvollsten ohne Mond.

Das schönste Feuerwerk in den finstersten Nächten. Wie viel muss er noch weinen, dachte sie, bis ein Brand daraus wird. Der genügend Herzen entzündet, um …

Ein Schatten tobte durchs Gebüsch, und Angel fuhr zusammen. Kein Wildschwein, nein, der Kater. Zwischen den Zähnen eine kleine Maus. Er bemerkte Angel, schien sich zu wundern, sie zu dieser Nachtzeit hier draußen anzutreffen, wollte schon weiterlaufen, besann sich, machte kehrt und legte ihr die Maus vor die Füße. »Kein Dank, ist doch selbstverständlich«, schien seine Haltung auszudrücken, und schon war er wieder fort.

Ein Geschenk nach dem anderen, und … welch ein Jäger, dachte Angel. Da heißt es immer, Kater würden das Jagen den Katzen überlassen. Hier schien der Fall anders zu liegen. Wenn Whitehall einen Chief Mouser beschäftigt, dann bist du ab jetzt der Capo Cacciatore von Collina, Kater.

Die Maus zuckte noch. Angel nahm sie vorsichtig vom Boden auf und hielt sie in den Kerzenschein. Eine dunkelgraue Feldmaus mit spitzer Schnauze und kleinen runden Ohren. Sie fuhr mit dem Finger über das weiche Rückenfell. Die Maus tat einen letzten Atemzug. Angel bettete sie unter die Hecke, bedeckte sie mit ein paar trockenen Blättern, seufzte, blies die Kerze aus und ging hinein. Am östlichen Horizont zeigte sich bereits ein zarter Lichtstreif, als sie in bewegte Träume fiel.

10

Ein paar Menschen hatten sich weit hinten auf dem neuen Gräberfeld des alten Friedhofs an der etruskischen Porta Diana versammelt. Auf ihrem Weg über die schmalen Pfade las Angel die Nachricht, die Annarella ihr gerade geschickt hatte. »Cara, sitze in der Post fest. Konnte den Dienst nicht tauschen. Kann leider nicht dabei sein. Leg eine Rose für mich nieder.« Im Weitergehen teilte Angel den kleinen Strauß mit Blumen, die sie in letzter Minute im Garten geschnitten hatte.

Manuele war gekommen. Tiziana in Begleitung von Stefano, ihrem Ältesten, Redakteur der Spalletta und Direktor vom Festival im Teatro Romano. Arturo, der Anarchist. Der Archivar des Bischofs, der bei keiner dieser Gelegenheiten fehlte, da er es war, der auch das Sterbeverzeichnis komplettierte. Und ein kleiner Alter mit gebücktem Rücken und schulterlangem weißem Haar, der wer weiß wo wohnte und den alle nur als Professore kannten. Er ließ sich keine andächtige Gelegenheit entgehen und war seit Jahren ein wenn auch nicht immer gern gesehener, so doch geduldeter Gast bei Festen, Messen und Begräbnissen.

Die Totengräber hatten den Sarg bereits in die Grube gesenkt und zogen nun mit Schwung die Gurte unter ihm hervor.

Don Valentino, ein junger Mann, gerade erst vom Volterraner Bischof in den Priesterstand aufgenommen, hatte die heikle Aufgabe übernommen. Selbstmord, Suizid, Freitod … nenn es, wie du willst … ist in den Augen der katholischen Kirche doch immer ein Verstoß gegen das »Du sollst nicht töten«.

Valentino Carini aus Montecatini Val di Cecina, einem der kleinen Nachbarorte von Volterra, hatte sein früheres Berufsleben als Installateur zugebracht, obwohl er seit der Schulzeit davon träumte, Priester zu werden. Sein Lebensweg war Stadtgespräch. Aus Rücksicht auf die Familie … vor allem auf seine Schwester, die ihn nicht hergeben wollte … hatte er lange gegen seinen inneren Wunsch angekämpft. War seiner seelsorgerischen Berufung nur insgeheim gefolgt, während er für seine Firma Heizkessel austauschte, Wasserleitungen reparierte, Abflüsse säuberte und Regenrinnen installierte. Er hatte ein offenes Ohr für alles und alle, und seine Kunden vertrauten ihm kleinere Sorgen und größere Nöte an, während er hämmerte, schraubte und die Hydraulik in Ordnung brachte.

»Ich war dreiunddreißig«, berichtete Don Valentino kurz nach seiner Amtseinführung in der Spalletta, »als ich an einer Zusammenkunft im Dom von Volterra teilgenommen habe. Der Bischof fragte uns Weltliche, was wir für Christus zu tun gedächten. Es durchfuhr mich wie ein Blitz. Ich fühlte: Diese Frage galt vor allem mir. Es war soweit. Jetzt gab es kein Zurück mehr.«

Kaum drei Jahre später sorgte Don Valentino mit klerikalem Auftrag für die Seelen der Gemeinde, so wie er es ersehnt hatte. Und die Gemeinde liebte ihn, er stand mit beiden Füßen auf der Erde. Bei manchem Hausbesuch sah er nebenbei auch nach einem tropfenden Wasserhahn oder einem lecken Rohr. Und nun gedachte er, nachsichtig, wie er in seinem praktischen Herzen war, des Unbekannten, der seinen Tod in der Balze gefunden hatte.

Angel gesellte sich schweigend zu Manuele, dem die Nachmittagssonne zu schaffen machte. Er drückte ihre Hand.

»Das Leben ist gefährdet und zerbrechlich«, wandte sich Don Valentino an die Anwesenden, »es besteht aus einer Vielzahl von Wirklichkeiten. Die Wirklichkeit, die der Verstorbene lebte, wir kennen sie nicht. Wir wissen wenig von ihm. Die einzige Gewissheit besteht in seinem Tod. Selbst, wie er ihn gefunden hat, ist ungewiss. Er ist in einem unermesslichen Abgrund des Schweigens verschwunden. Und doch hält immer etwas stand. Eine Geste, ein Augenaufschlag, eine Haltung. Ein Wort, ein Ruf, ein Lächeln. Das sich wie eine Inschrift ins Gedächtnis senkt. Sie gibt dem Toten ein Gewicht in unserer Erinnerung.«

Tiziana begann zu weinen.

»Mamma«, flüsterte Stefano gerührt.

»Ist es nicht herrlich, wie er spricht«, schluchzte sie, »Stefano, bei meiner Trauerfeier soll er auch sprechen.« Don Valentino beschenkte sie mit einem kurzen Strahlen.

»Da wir von seinem Leben wenig wussten, solange er lebte«, fuhr er dann fort, »soll sein Leben jetzt, nach seinem Tod, fortgeschrieben werden … in unseren Herzen.«

Er bückte sich, nahm eine Handvoll Erde auf und ließ sie langsam auf den Sarg niederrieseln. »Amen.«

Der Professore tat es ihm gleich … *Hasard* murmelte er. Angel zuckte zusammen. Sie drückte Manuele einen der beiden Sträuße in die Hand. »Wirf ihn für Annarella, ja?«

Manuele ließ dem Strauß noch eine kleine Rose hinterher segeln.

Der bischöfliche Archivar machte Notizen. Tiziana vergoss weitere Tränen, die nun wahrhaft dem Toten galten, und wandte sich mit feuchten Augen an Don Valentino. »Stefano wird Sie in nächster Zeit einmal besuchen, Padre.«

»Er weiß ja, wo er mich findet«, lächelte der, schlug das Kreuz, grüßte in die Runde und ging, gefolgt vom Archivar, mit federndem Schritt davon.

Die Totengräber zogen erleichtert ihre dunklen Hemden aus und machten sich mit sonnengebräuntem Oberkörper daran, die Grube zuzuschaufeln.

Ein Brummen erfüllte die Luft. Es wurde lauter und lauter. Der Helikopter mit einem Notfall aus dem kleinen Volterraner Krankenhaus auf dem Weg zum Klinikum von Pisa, dachte nicht nur Angel. Sie alle suchten den Himmel ab.

»Eine Drohne«, bemerkte Manuele. Angel schaute über die Friedhofsmauern. Ein Etwas zwischen Ufo und Riesenspinne brummte auf die winzige Trauergemeinde zu. Kreiste hoch über ihren Köpfen, warf einen Blick in das zur Hälfte mit Erde gefüllte Grab, kippte zur Seite und drehte in die Richtung ab, aus der es gekommen war.

Der Professore schüttelte den Kopf. Das war mehr als pietätlos. Hier ging es um das letzte Geleit für einen Verstorbenen. Um die letzte Ehre, die man ihm auf dieser Erde erwies. Es war ihm unbegreiflich, wie jemand darauf kommen konnte, diesen intimen Moment auszuspionieren. »Wenn es so weitergeht«, sagte er im Fortgehen, mit sich selbst im Gespräch, »werden sie uns von unserer Geburt bis zu unserem Tod mit ihren Kameras verfolgen. Sie werden uns an unserem Gesicht erkennen. An unserem Lachen. Unserem Gang. Wo wir auch sind. Sie werden unsere Gedanken lesen wie ein offenes Buch. Und es umschreiben. Als Drehbuch zu ihrem Film, bei dem sie und nur sie Regie führen. In dem wir nichts als eine Herde sind, Material, Statisten, nichts anderes als …« Seine Worte verloren sich in der Weite des Friedhofs.

»Wie ist es eigentlich passiert?«, fragte Stefano. »Hat er sich wirklich das Leben genommen?«

Die verbliebenen Trauergäste schauten ihn fragend an.

»Ihr habt es selbst gehört. Es ist ungewiss, wie er seinen Tod gefunden hat.«

»Stefano«, fuhr Tiziana auf, »was soll das heißen? An so was will ich gar nicht denken.«

»Ja, warte … es war vielleicht ein Unfall«, dachte Manuele laut und schien erleichtert.

»Möglich«, erwiderte Stefano, »aber nicht wahrscheinlich. Er kannte das Gelände ganz genau. Jeden Stein. Jeden Busch … Ich war ein paar Mal mit ihm unten«, setzte er hinzu, »in der Balze … ihr staunt … ja, wenn ihr's wissen wollt, ich arbeite an dem Projekt ›Geheimnisvolle Orte in und um Volterra‹ … im Auftrag unserer Cassa di Risparmio.«

»Da hast du aber gute Beziehungen, mein Lieber«, sagte Manuele, etwas zu spitz. Stefano warf ihm einen Blick zu.

»Hat er dir von sich erzählt? Andeutungen gemacht«, hakte Angel ein, »auf euren Touren.«

Stefano ging kurz in sich. »Wenn ich es recht bedenke … ich habe ihm wohl eine ganze Menge erzählt. Was einem so durch den Kopf geht eben, in dieser turbulenten Zeit … ein wunderbarer Zuhörer …«

Sie waren beim Ausgang angelangt, froh, aus der Hitze in den Schatten der hohen Zypressen zu treten.

Mit geschlossenen Augen, in einer Zwischenwelt, halte ich den Atem an und lausche in den pyramidengleichen erdgeborenen Schatten … hörte Angel es urplötzlich in ihnen rauschen, und dabei fiel ihr ein, dass sie letzte Nacht in ihren bewegten Träumen auch durch einen Wald gereist war. War Eulen, Nachtigallen, gefallenen Sternen und Tausenden von lächelnden Gestalten begegnet, alle auf dem Weg zum Licht, die sie in ihre Bilder mitgenommen hatten. Ihr Körper hatte sich von ihr getrennt. Oder sie sich von ihm. Sie hatte ihn sich selbst überlassen, war im Geist ins Innere der schattigen Pyramide geraten. Etwas maßlos Lebendiges …

Jemand legte ihr die Hand auf die Schulter. Angel schrak zusammen.

»Ich wollte Sie nicht erschrecken«, sagte Massimo Grandini, »tut mir leid. Ich habe gerufen, aber Sie waren abwesend.«

»Im Inneren der Pyramide«, murmelte Angel.

»Macht nichts«, tröstete Grandini. »Haben Sie unsere Drohne gesehen? Die hat schon ein Auge auf Sie geworfen.« Er zwinkerte ihr zu.

»Pass nur auf, Grandini, dass es sich nicht verfärbt, das Auge«, zwinkerte Manuele zurück. »Ciao Angel, komm in der Bar vorbei, wenn du kannst … ich wollte dir noch etwas zeigen.« Er drückte ihr einen flüchtigen Kuss auf die Wange, überquerte die Straße und drehte sich, ehe er die Stufen zur Stadt hinauf nahm, noch einmal zu ihr um: »Wie war der Madonnino?«

»Zwei Kisten!«, rief Angel ihm nach.

»Wie hat er das gemeint?«, erkundigte sich Grandini. »Verfärbt?«

»Ich glaube, er ist rotgrünblind«, erwiderte Angel zerstreut, »ich muss jetzt los.«

Grandini stellte sich ihr wie absichtslos in den Weg. »Wie wäre es diesmal mit einem Aperitif?«

»Wie wäre es, wenn Sie ein andermal mehr über Ihre Drohnentechnik erzählten, Signor …?«

»Massimo, einfach Massimo, Signora …«

»Mariani, Angela Mariani«, sagte Angel.

Sie winkte Stefano, der seiner Mutter die Autotür öffnete, und ging schnellen Schritts auf ihren Panda zu.

»Ich verlass mich drauf!«, klang es in ihrem Rücken.

Angel machte einen Hüpfer. Wesenheiten, die hell erscheinen … ja, dachte sie erleichtert, das war der rote Faden gewesen, so war es weitergegangen … als Sterne am Himmel im Inneren der Pyramide. Vielleicht würde es ihr gelingen, den Traum weiter zu träumen. Vielleicht würde das ihr inneres Durcheinander ein wenig ordnen. Sie müsste nur versuchen, sich vor dem Einschlafen fest darauf zu konzentrieren.

Sie wendete den Wagen und warf einen letzten Blick zum Friedhof hinüber, durch dessen Eingang gerade ein Besucher trat. Ein Lichtstrahl, der sich zwischen den Zypressen verirrt hatte, glitt über seine rötlichen Locken.

11

Am 8. April 1521 war Giovanni Battista di Jacopo, bekannt als Rosso Fiorentino, in Volterra. Ob er exakt an eben dem Tag eintraf, ob er sich schon länger in der Stadt aufhielt, ist ungewiss. Das Dokument, das der Notar Tommaso d'Ottaviano Picchinesi in Rossos Beisein im Dompfarrhaus unterzeichnete, weist jedenfalls dieses Datum aus.

Hatte der Maler Florenz den Rücken gekehrt, um in Volterra mit dem Unverständnis fertig zu werden, dem seine jüngsten Arbeiten in der Heimatstadt ausgesetzt waren? Seine *Auferstehung* im Chiostrino dei Voti der Santissima Annunziata hatte den Serviten nicht gefallen. Die Heiligen rings um die Madonna für die Kirche Ognissanti waren den Auftraggebern wie Dämonen erschienen. Brauchte er ländliche Ruhe, um sich seine Antwort auf den großen Michelangelo zu überlegen? Oder hatte man den rothaarigen Florentiner absichtsvoll nach Volterra gerufen, um ein »spezielles Altarbild« zu malen? Dann könnte es sich bei dem Dokument um die Bescheinigung des Honorars gehandelt haben, das man dem Rosso für seine *Deposizione* zahlte. Dann wäre er wohl schon eine Zeit lang in der Stadt gewesen.

Wie lange hatte der Sechsundzwanzigjährige an diesem Bild … sein Meisterwerk … gearbeitet? Wer hatte ihn beauftragt?

Es heißt … zumindest will Porretti das erfahren haben … kein anderer als Raffaello Maffei, der Humanist mit dem Beinamen Volaterranus. Ein Gelehrter, der in seinen *Commentarii urbani* das ganze Wissen seiner Zeit festhalten wollte.

Der zweite Auftraggeber musste dessen Bruder gewesen sein, Monsignore Mario, ein Jahrzehnt lang Abt der Badia Camaldolese. Für Franco Porretti, der mehr als dreihundert Jahre später den Großteil seines Leben damit zubringen sollte, die Geschichte seiner Stadt zu erforschen und zumindest das eine oder andere ihrer unzähligen Rätsel zu lösen, bestand daran kein Zweifel.

Nur: Aus welchem Grund? Warum fragten sie keine der lokalen Größen? Warum ließen sie den exzentrischen Rosso rufen?

Das musste sich der Maler selbst gefragt haben. Ein schönes Risiko, dem er sich da aussetzte. Die Kreuzabnahme, die man bei ihm in Auftrag gegeben hatte, könnte womöglich als Affront gegen Papst Leo X., bürgerlich Giovanni de' Medici, einer der Söhne von Lorenzo, verstanden werden. Mit Sicherheit verbarg sich darin aber eine Klage gegen die Frevel der Medici selbst, die fünfzig Jahre zuvor die Straßen von Volterra in Blut getränkt hatten.

Aber vor allem: Keiner der Maffei hatte das schreckliche Ende ihres unglücklichen Bruders vergessen. Antonio, der die Hand gegen Lorenzo Il Magnifico erhoben hatte, um die geschändete Heimatstadt zu rächen. Einige Tage lang war es ihm gelungen, sich zu verstecken, mitten in Florenz, in der Badia Fiorentina, als Eremit verkleidet. Dann hatten sie ihn schon entdeckt. Verrat vermutlich. Augen und Ohren waren überall. Die seinen wurden abgeschnitten. Die Nase gleich dazu. Welch eine Schmach. Dann hängte man ihn auf. Vor dem Palazzo Vecchio. Mit ein paar anderen.

Als die Leichen zu stinken begannen, ließen die Medici sie abschneiden und in eine Grube werfen. Sie hatten sich aber schon etwas Perfides ausgedacht. Zur Abschreckung würde man sie alle auf den Palazzo malen lassen. Mit dem Kopf nach unten. Wie es sich für Verräter gehörte. Den Auftrag zu dem öffentlichen Schandgemälde erteilte Lorenzo einem seiner besten Freunde, dem Maler Botticelli.

Sie hätten gut Baldassare Peruzzi fragen können, dachte der Rosso, während sich sein Fuchs die Hügel hinauf quälte. Vielleicht legte er die Strecke zwischen dem mächtigen Florenz im Arno-Tal und dem renitenten Volterra auf dem Berg aber auch zu Fuß zurück … mit kräftigem Schritt weit ausholend … arm wie er war. Arm, unbestritten, doch reich an Geist und Größe. Kein anderer als Vasari, Hofmaler der Medici, einer der ersten, die man später als Kritiker bezeichnen würde, sollte ihm das über kurz oder lang bescheinigen. Kraftvoll im Stil. Kühn und fundiert in Zeichnung und Entwurf. Poetisch in der Komposition seiner Figuren. Vielleicht hatten die Maffei ihm aber auch einen Wagen geschickt. Damit er sich nicht unterwegs eines Besseren besann.

Peruzzi wäre es gewesen, seufzte der Rosso, ein guter Maler, Schüler von Raffaello Sanzio. Ein Volterraner, wie die Auftraggeber selbst. Er hätte sein Herz zweifellos eher an diese alte Geschichte gehängt.

Nein, uns geht es nicht um Rache, hatten ihm die Maffei mehrmals versichert, nicht mehr. Es ist der Schmerz, der uns noch immer quält. Brennend. Schlimmer mit jedem Jahr. Wir wollen ihn nicht mit ins Grab nehmen. Wir wollen uns von ihm befreien. Er soll zum Ausdruck kommen. Durch dich, Rosso. Nur du, Rosso.

Rossos Blick wanderte über die Hügel des Val di Cecina. Die Sonne sank rot vor einem zunächst türkisen, dann fast petrolgrünen Himmel. Oder petrolblau? Den Farbton, die Stimmung, die dadurch entstand … er würde sie nicht vergessen.

Im Mai 1478 war die Nachricht in Volterra eingetroffen, dass Antonio Maffei in die Verschwörung der Pazzi gegen die

Medici verwickelt war. Ereignet hatte sich der Anschlag am Ostersonntag, im bis zum letzten Platz gefüllten Florentiner Dom Santa Maria del Fiore. Angeführt vom Bankier und Politiker Francesco de' Pazzi stürzten sich die Verschwörer auf die Medici-Brüder. Ein Tumult brach aus. Giuliano verblutete an neunzehn Messerstichen. Lorenzo überlebte, schwer verwundet.

Der Staatsstreich war gescheitert. Die Macht blieb, wo sie war. Die Kontrolle über das päpstliche Bankwesen auch. Die Täter und die Rädelsführer wurden bald gefasst. Bis auf Montefeltro, den Condottiere mit der Hakennase. Er hatte seine Söldner vor den Toren von Florenz in Stellung gebracht, um auf ein Zeichen hin zuzuschlagen. Diesmal gegen die Medici. Was ihm offenbar noch mehr Profit versprach. Er würde die nächsten Jahre im Kampf gegen Florenz liegen und schließlich … die Taschen gefüllt mit stattlichen Zahlungen von allerlei Seiten, die sich alle so etwas Unmögliches wie seine Ergebenheit erkaufen wollten … nach Urbino in sein Herzogtum zurückkehren. Die meisten der Verschwörer, egal, ob sie im Zentrum der Geschichte standen oder nur am Rand, hatten ihr Leben gelassen. So auch Antonio.

In Volterra brach für die Brüder eine Welt zusammen. Mario wusste, dass ihn Antonios Schritt den Kardinalshut kostete. Raffaello, durch das Schicksal des Bruders traumatisiert, zog sich vom irdischen Leben in seine Räume zurück wie in ein Schneckenhaus, um sich dem Studium der Wissenschaft zu widmen und der religiösen Kontemplation hinzugeben.

1521 war er siebzig Jahre alt. Lange, das fühlte er, würde er nicht mehr leben. Er schickte einen Boten nach Florenz.

Wie soll ich, dachte der Rosso in seiner kalten Kammer hinter den dicken Mauern von Volterra, all das, was sie von mir verlangen, in einem einzigen Bild unterbringen? Das ganze mehr oder minder verborgene Gedenken an ein Familiendrama, durch die missglückte Verschwörung gegen Il Magnifico … die Schuld und Schmach, der Zorn auf Florenz, die Liebe zum Bruder, der für sie gestorben war … ein Heiliger, in ihren Augen. Das Drama einer von mehreren missglückten Verschwörungen gegen Papst Leo X. … sein Pontifikat sollte als eines der verhängnisvollsten in die Geschichte eingehen … in das die mit den Maffei verschwägerten Orlandi und Castellesi verstrickt gewesen waren. Ein Komplott, dessen Scheitern Folter, Vierteilungen und gebrochene Hälse zur Folge gehabt hatte. Welch ein Theater.

Der Rosso faltete einen Zettel auseinander, den ihm Maffei am Abend beim Abschied in die Hand gedrückt hatte. Darauf die Namen der unglücklichen Protagonisten, der um sie weinenden Frauen und Töchter, der Freunde und Davongekommenen.

Vor dem Rosso tauchte eine Komposition auf. Er zog den Skizzenblock aus seinem Bündel. Durch das kleine Fenster schimmerte der erste anthrazitblaue Streifen Morgen, als er seinen Entwurf beendet hatte.

Gut, dachte er, sie sollen ihr Theater haben.

12

»Wir reden von Kunst«, sagte Gianluca, »nicht oft genug. Mitunter denke ich, das ist die beste Möglichkeit zu zeigen, was auf dieser Welt wirklich vor sich geht. Aber wie du siehst, kaum wird die Lage kritisch, geht es den Künstlern an den Kragen.«

Gianluca war Angel zuvorgekommen. »Heute Abend. Wajda. Halb zehn. Ich verlass mich drauf.«

»Verlass dich drauf«, hatte Angel zurückgeschrieben.

Eben erst hatten ihre Terrakotten und Figuren die ersten unsicheren Schritte in eine noch neblige Szene unternommen. Jetzt überließ sie diese ihrem Schicksal, um gerade noch rechtzeitig vor dem Kino zu erscheinen und sich die übliche Bemerkung anzuhören.

»Wie machst du's nur, immer pünktlich zwölf Minuten zu spät zu sein …« Wobei Gianluca den Satz in der Luft hängen ließ, damit sie den zweiten Teil wie üblich selbst komplettieren konnte »… du als gewissermaßen halbe Deutsche, wo ihr doch sonst so …«

Zwölf Minuten. Tatsächlich. Angel fragte sich, ob sie sich eher über Gianlucas Leidenschaft für Stoppuhren oder über ihr inneres Zeitgefühl wundern sollte, das anscheinend um exakt zwölf Minuten von der koordinierten Weltzeit abwich.

»Die Karten habe ich schon«, informierte Gianluca, schob Angel in den bis auf drei vier Interessierte leeren Saal … wer ging an einem herrlichen Sommerabend ins Kino und noch dazu in einen Film, der kompliziert zu werden drohte … und nahm mit ihr in der mittleren Reihe Platz.

Dieses Kino ist kein Kino, sondern ein Schwimmbad, dachte Angel, wie bei jedem Besuch. Als hätte man die blauen Schalensessel auf den gefliesten Boden eines leeren Beckens montiert. Der breite azurfarbene Streifen, der sich in etwa ein Meter sechzig Höhe an den Wänden entlang zog, schien den einstmaligen Wasserstand anzuzeigen. Und die gewölbte Decke gab dem Dolby Surround einen betörenden Hall.

»Nüsschen, cara?«

»Untersteh dich!«

Gianluca lächelte mild, riss schwungvoll eine Tüte auf, schaufelte eine Handvoll noccioline nach der anderen in seinen Mund und kaute sich geräuschvoll durch die Werbung.

»Was finde ich nur an dir«, bemerkte Angel, während das gedimmte Licht verlosch.

Musik. Der Titel. Erste Bilder. Nur kurz darauf senkt sich ein blutig dunkles Rot über die helle Leinwand. Ein rascher Schwenk auf die des Malers, der gerade zu einem Pinselstrich ansetzt. Das Rot entpuppt sich als ein gigantisches Banner … Stalin auf rotem Grund … das vor der mehrstöckigen Fassade von Strzemińskis Warschauer Wohnhaus feierlich in die Höhe gezogen wird. Von draußen eine Blaskapelle und: Kunst muss optimistisch sein. Künstler, sabotiert nicht die Ideologie. Kunst muss die Menschen … die arbeitenden, konsumierenden, schlafenden … ermuntern. Ihnen die Welt erklären. So wie der Staat sie sieht. Ideologie ist gut. Sie nimmt dem Einzelnen die Last der Verantwortung, legt seine Sicherheit in offizielle Hände, die fraglos das Richtige für ihn tun.

Dies wird dem Maler, dem mit einem Schlag das Licht zum Malen fehlt, von einem Sprechchor auf der Straße mitgeteilt.

Schnitt.

»Wenn wir ein Objekt betrachten«, wendet sich Strzemiński zum letzten Mal an die Studenten, bevor die Ideologie beschließt, ihn zu seiner Sicherheit aus der Akademie zu entfernen, »bleibt sein Reflex in unserem Auge. Wenn wir den Blick abwenden, die Augen schließen, bleibt ein Bild des Objekts auf unserer Netzhaut … eine Spur von ihm … in seiner Komplementärfarbe, wunderbarerweise.«

Dann schließt sich die Tür der Akademie hinter ihm, und der Künstler steht am Kreuzweg.

»Wir sehen nur das, was uns bewusst ist«, sagt er zu der jetzt menschenleeren Straße und schlägt den Weg ein, von dem man ihm zwei Szenen zuvor drohend abgeraten hatte. Den eigenen.

»Der Film heißt *Nachbilder* … warum kommt er in Italien als *Il ritratto negato* heraus, *Das verweigerte Porträt*? Was haben die Nachbilder …«, überlegte Angel laut, als sie, bei Gianluca eingehängt, die zu dieser Sommernachtsstunde von Leben übersprudelnde Via Gramsci entlangschlenderten, zwischen eisessenden Familien, überdrehten Kindern, Fußball spielenden Jungs, zurechtgemachten Mädchen und sich küssenden Paaren, »… mit einem verweigerten Porträt zu tun?«

»Ritratto negato … Porträt, Bild, Abbild … das alles kann als ritratto gelten. Warum nicht auch das Nachbild«, stieg Gianluca ein, »vielleicht lässt sich das Ganze weiter fassen, als man es gemeinhin tut.«

»Das verweigerte Nachbild, meinst du das?«, erkundigte sich Angel. »Das hieße, dass du etwas betrachtest, das dir so gegen den Strich geht, dass du dich weigerst, seinen Reflex auf deiner Netzhaut zu parken.«

Gianluca nahm Anlauf und schoss schwungvoll einen Ball zurück, der vor seinen Füßen gelandet war. »Grazie, Luca!«, hallte es vom anderen Ende der Gramsci wider. »Mein Neffe«, sagte er, »einer von der Bande.«

»Was aber ist«, fuhr Angel fort, »wenn du schon zu lange hingeschaut hast. Kannst du es dann noch löschen? Und wenn ja, wie? Zu welchem Preis?« Sie wich einer Bocciakugel aus, die durch die Straße irrte.

»Ich bin kein Wahrnehmungsphysiologe«, erwiderte Gianluca, »denke aber, man kann … beziehungsweise sollte … wenn man Strzemińskis Gedanken weiterdenken will … zwischen positiven und negativen Nachbildern unterscheiden.« Er überlegte. »Nehmen wir einmal an, du hättest in eine helle Lichtquelle geblickt. Die positive Reaktion auf deiner Netzhaut dürfte dann genauso hell sein wie das Original … vermutlich farbig. Und intensiv … aber wahrscheinlich nur für kurze Zeit. Du kannst nicht allzu lang ins Helle blicken … Gehen wir nun aber von der negativen Variante aus«, redete er sich in Fahrt und blieb nachdenkend mitten im Gewimmel stehen, »dann müssten sich die Werte umkehren … logischerweise … was hieße, Hell würde zu Dunkel, und die Farben erschienen eben komplementär … als Gegenfarben.«

Er freute sich sichtlich über die Entdeckung. »Die Frage, die wir uns jetzt folgerichtig stellen müssen«, schloss er gleich darauf an, »ist, unter welchen Bedingungen es zu diesem Phänomen kommt.«

Angel liebte es, wenn Gianluca zu seinen privaten Plädoyers ansetzte. Wenn er wie im Gerichtssaal jedes Detail Revue passieren ließ, jedes Indiz wie einen Zettel auseinanderfaltete, es hin und her wendete, von allen Seiten aus betrachtete.

Gianluca Di Bartolomeo, Volterraner, mit Wurzeln, die weit in etruskische Gründe zurückzureichen schienen, was man ihm an der Nasenspitze und den von Natur aus aufwärts geschwungenen Mundwinkeln ansah, war Jurist. Mit einer Kanzlei in Florenz und einer Wohnung in Volterra. Arbeiten in Florenz, natürlich. Wohnen, das kam nicht in Frage. In der Kanzlei klappte er abends, wenn es sein musste … was in letzter Zeit häufiger sein musste, als ihm lieb war … ein Bett auf. Ansonsten nahm er die Schnellstraße Richtung Siena, bog in Colle Val d'Elsa ab und fuhr die letzten fünfundzwanzig kurvenreichen Kilometer nach Volterra hinauf.

»Wenn wir bedenken«, fuhr Gianluca fort, »dass wir im Alltag … normalerweise also … ständig die Blickrichtung wechseln, dann sind unsere Sehzellen Reizen ausgesetzt, die sich jeden Moment und unaufhörlich ändern. Was ihrer lokalen Anpassung nicht anders als im Weg stehen kann. Man muss das Objekt also lang genug fixieren, und das setzt ein Interesse voraus, was eine unwillkürliche Driftbewegung verhindert …« Er betrachtete Angels Beine und machte einen kleinen Sprung, als sie ihn zart in die Rippen stieß. »Wobei wir übrigens«, setzte er dann hinzu, »noch nicht über die Dimension des Nachbilds gesprochen haben … und damit meine ich nicht allein die physische Größe. Apropos, willst du ein Eis?«

Angel spürte erst jetzt, dass ihr der Magen knurrte. Besser ein Eis als gar kein Abendessen. »Kirsch, Mandel, Schokolade.«

Gianluca verschwand in einer kleinen Bar. Vom Dom schlug es Mitternacht. Eine Taubenschar rauschte beim ersten dumpfen Schlag in den Nachthimmel auf und setzte dann zu einem Segelflug über die Köpfe der sich allmählich zerstreuenden Menschenmenge an.

»Das beste Eis der Welt«, bemerkte Angel, als sie auf die Porta Marcoli zusteuerten.

»Das sagst du jedes Mal.«

»Weil's jedes Mal so ist.«

Gianluca betrachtete sie lächelnd.

»Vielleicht ist alles aber auch nur eine Täuschung«, sagte Angel, »optisch.«

»Wer weiß«, erwiderte er, »aber uns ging es ja primär um die Verweigerung … der Täuschung. Also: Wie kommt das Bild von der Netzhaut. Beziehungsweise: Wie verhindert man, dass es sich dort einnistet …«

»Einbrennt …«, präzisierte Angel, »einbrennt … doch ohne dabei die Augen zu verschließen.«

Die unterste Kugel. Kirsch. Mehr noch, Amarena. Köstlich. Behutsam schlürfte sie das mittlerweile Halbgefrorene, damit es ihr so auf der Zunge zerfloss, dass säuerlich und süß sich wie zwei Schlangenhäute ineinander mischten.

»Man könnte in diesem Zusammenhang natürlich auch an so etwas wie Projektionen denken.« Gianluca knusperte sich durch den Rest seiner Waffel. »Wie beispielsweise bei Eidetikern. Deren Vorstellungen … ich nenne sie der Einfachheit halber jetzt einmal Projektionen … können so realistisch sein wie Wahrnehmungen, sind aber keine. Die Eidetiker wissen sehr genau, dass es keine sind. Aber auch keine Halluzinationen, versteh mich recht. Eher das Speichern visueller Informationen, im Detail und über ziemlich lange Zeit sogar ... was im Endeffekt, ja eben«, schlussfolgerte Gianluca begeistert, »zu einer exakten Kopie der ursprünglichen sensorischen Information führen muss.«

Angel war perplex.

»Keine Panik«, beruhigte er sie, »viel weiter reicht es nicht.« Er lachte. »Ich hatte nur zufällig mit so einer ähnlichen Sache zu tun. Noch gar nicht lange her. Eine Serie von Autodiebstählen. Alle auf der Piazza Torquato Tasso. Das waren Profis. In Windeseile haben sie vor Ort die Nummernschilder an den Fahrzeugen ausgetauscht, um sie gleich unkenntlich zu machen. Drauf gekommen sind wir nur, weil Kio, einer der Nigerianer, die sich den Platz teilen … selbsternannte Parkwächter sozusagen … sich sämtliche Kennzeichen eingeprägt hat. Er musste nur einmal hinschauen. Wusste auch genau, welches Nummernschild zu welchem Wagen gehörte. Und wo der ursprünglich gestanden hatte. Er hat es mir erklärt. Eine besondere Begabung.«

»Hört sich nach fotografischem Gedächtnis an«, sagte Angel.

»Eben nicht«, erwiderte Gianluca, »das ist eidetisch … ganz selten … bei gerade mal einem Prozent der Menschheit. Sagt Kio. Ich hab's auch nachgelesen.«

»Du hast ihm nicht getraut?«

»Ich wollte der Sache auf den Grund gehen … und habe dabei ein bisschen ausgeholt. Du weißt doch, wie ich bin.«

»Und?«

»Bei diesem einen Prozent der Menschheit arbeitet hauptsächlich die rechte Hirnhälfte. Strukturen, Muster, Zahlenreihen … ich weiß nicht was … die Leute können sich alles einprägen. Als würden sie eine Kopie davon machen und sie auf ewig abspeichern.«

»Habt ihr die Profis geschnappt?«

»Umgehend«, freute sich Gianluca. »Ach, und Kio hat jetzt einen neuen Job. Diesmal von Staats wegen. Mit eigenem Schreibtisch. Bei den Carabinieri von Oltrarno.«

Er zog den Hausschlüssel aus der Tasche und stocherte im Dunkeln nach dem Schloss. Warum genau vor diesem Palazzo alle paar Wochen die Außenbeleuchtung durchbrannte, war ihm ein Rätsel. Selbst der Hausflur blieb dunkel. Dafür gaben die Grillen unten an der Docciola ein herrliches Konzert.

Angel schlüpfte aus den Sandalen und spürte die glatten kühlen Fliesen unter ihren Füßen. Gianluca vergrub seine Nase in ihrem Haar. »Es gibt auch Nachdüfte«, stellte er zufrieden fest, »meine Nase erinnert sich. Unentwegt.« Er zog sie an sich. »Ich rieche, rieche … Rätselhaftes. Du wirst mir sicher nicht verraten, welche Sache dich da gerade so bewegt.«

Angel schmiegte sich an ihn und wollte schon zu einer Erklärung ansetzen.

Da hörte sie in sich ein Flüstern. Die Stimme ihres Freundes, des Malers … Ein Geheimnis mit jemandem zu teilen, ist aufregend, aber es nicht zu teilen, ist tausendmal aufregender …

Nicht … noch nicht.

13

Die Sonne stand höher, als ihr lieb war, an dem friedlichen Sonntag, der sich durch Angels Wimpern flimmernd vor dem halb geöffneten Fenster erstreckte. Sie tastete nach Gianluca und gleich darauf nach ihrer Lesebrille, um das Gekritzel auf dem Zettel zu entziffern, der neben ihr auf dem Bett lag.

»Kaffee in der blauen Kanne. Frühstück auf dem Tisch. Bringe Mamma zu Zia Loredana. Mittagessen. Ganz vergessen. Gleich weiter. Morgen früh Gericht. Freitag zurück. GL.«

Angel faltete den Zettel zusammen und rollte sich auf Gianlucas Seite. Auf diese Weise ging das jetzt schon beinahe drei Jahre. Drei glückliche Jahre übrigens. Wollte sie an solch einem Sonntag mit Mamma und Tante zu Mittag essen? Wie rücksichtsvoll von ihm.

Sie ließ sich in die Kissen sinken, nur kurz, dachte sie, und schloss die Augen, um das Bild zu erwischen, das vor dem Erwachen über ihre Netzhaut gehuscht war.

Schimmernde, zart geäderte Insektenflügel, blassblau auf perlmutternem Grund. Sie musste blinzeln. Dann war der Körper da, zunächst ein Rumpf, gleich darauf die Beine. Die Flügel wurden zu Armen. Oder die Arme zu Flügeln. Und der Kopf? Zu gern hätte sie gewusst, ob diese Wesenheit, das Ding da, wirklich fliegen konnte. Es stand dort wie ein Stern. Im Inneren der Pyramide. Lächelnd, oh, maßlos lebendig. Ein Glücksgefühl durchströmte sie. Wie gut, dass sie die Augen noch einmal geschlossen hatte. Sonst hätte sie es nicht gesehen.

Angel trank den kalt gewordenen schwarzen Kaffee. Gianluca musste früh gegangen sein. Bitter, herb … erst in Volterra hatte sie sich damit angefreundet. Das Bittere schätzen gelernt. Radicchio, Mangold, wilder Spargel, Löwenzahn, Artischocken. Pechschwarzer Kaffee. Heißhungrig fiel sie über die kleinen, mit Traubenmarmelade gefüllten Cornetti her, garantiert selbstgemacht, la Mamma, und schnitt ein großes Stück vom frischen Pecorino ab, zart wie Butter. Er duftete nach Schaf.

Gianlucas Wohnung, obwohl im Erdgeschoss, war hell. Die Wände weiß gekalkt. Fotografien einiger großer italienischer Fotografen. Scianna, Mulas, Berengo Gardin. Schwarzweiß. Schön. Und dennoch … hier fehlt Farbe, dachte Angel, nicht zum ersten Mal. Vor allem angesichts des gischtfarbenen Sofas, der schneeweißen, von silbergrauen Adern durchzogenen Alabasterleuchten und der elfenbeingetönten Regale mit den dezenten Fachbüchern und Nachschlagewerken … Und das, wo die Etrusker doch in Farben badeten.

Ihr Blick glitt durch den Raum. Die Fotografie des Sizilianers Scianna hatte sie noch nicht gesehen, vermutlich eine Neuerwerbung. Das fast grafisch gezeichnete Gesicht einer Frau, ihr Kopf leicht zurückgeneigt als schliefe oder träumte sie an einem heißen Sommertag, der sein flirrendes Licht durch eine Gardine schickt … darauf gestickte Blüten, Zweige, Blättchen, die sich als florale Tätowierung auf ihrer Wange niedergelassen haben und sich im schattigen Negativ sanft über ihren Hals erstrecken, auf dem ein kleiner Leberfleck hervorsticht. Sie selbst fast eine Pflanze, durch die Magie des fotografischen Porträts, in einem Augenblick, so schien es Angel, zwischen Leben und Tod.

Gerührt entdeckte sie die Postkarte, die sie Luca im letzten Herbst geschickt hatte. Neapel, mit Blick auf den Vesuv. Sie lehnte vor einem Band italienischer Rechtsgeschichte. Das Motiv, obwohl touristisch, hatte sie damals bewegt. Der im Abendlicht rötliche Rauch konnte eine verirrte Wolke, ebenso gut aber auch das erste zaghafte Anzeichen für das Aufsteigen eines Lavastroms sein, der sich bei Dunkelheit womöglich tiefrot über den Kraterrand ergießen würde.

Wie gern hätte sie diese Reise mit ihm gemeinsam unternommen, aber ihm war ein eigenartiger Fall dazwischengekommen. Ein junger Mann, der ans Ufer des Arno geschwemmt worden war, mit Schlingpflanzen im Haar, wie Ophelia. Man war, wie so oft, rasch und der Einfachheit halber von einem *malore* ausgegangen ... ein Unglück oder ein Verhängnis ... und hatte die Sache zu den Akten gelegt. Und dann tauchte plötzlich aus dem Nichts jemand auf, der sich verzweifelt bezichtigte, den Jungen in den Fluss gestoßen zu haben. Das Verstörende, so Gianluca, bei dem der Fall gelandet war, bestand darin, dass dieser Jemand dem Jungen zum Verwechseln ähnlich sah.

Angel spülte Tasse und Kanne. Sie duschte unter einem kühlen Wasserstrahl, rollte die feuchten Haare zu einer Schnecke ein und ging zurück ins Schlafzimmer. Mit den Sandaletten, die sie unter dem Bett hervorzog, kam ein dünnes Buch zum Vorschein. Ein Roman. Gianluca musste irgendwann einmal nachts darin gelesen oder geblättert haben. Sie schlug ihn auf.

»Seefahrt des Barons Enrico Pirajno di Mandralisca von Lipari nach Cefalù mit dem kleinen Tafelbild von Antonello, dem Porträt eines Unbekannten, aus der Türfüllung eines Schrankes im Laden des Apothekers Carnevale«, las sie.

So begann das erste Kapitel, überschrieben »Das Lächeln des unbekannten Matrosen«. Und dies war auch der Titel des Buches. »Das Bildnis ist durch zwei Kratzer leicht beschädigt, die sich ausgerechnet mitten auf den lächelnden Lippen des Dargestellten kreuzen.«

Erneut stand ihr das Lächeln des kurz vor dem Erwachen geträumten Wesens vor Augen. Auch das war ein Nachbild.

Wie sehr ihr ganzes Denken sich darauf fixierte. Es war ihr selbst nicht mehr geheuer. Dieses Lächeln.

Angel setzte sich auf die Bettkante und blätterte. Die Kratzer waren das Werk von Catena, der Tochter des Apothekers. An einem düsteren Schirokkotag, irritiert und aufgewühlt von etwas ihr vollkommen Unerklärlichem, hatte sie nach dem Stachel einer Agave gegriffen, sich auf die lächelnden Lippen gestürzt und ihnen kreuzweise eine Wunde gerissen. Angel sah Catena vor sich, keuchend, den Stachel wie einen Degen in der erhobenen Hand. Und fragte sich, welchen inneren Wirbelsturm dieses seltsame Lächeln wohl in ihr ausgelöst haben mochte.

Sie tauchte noch einmal unter das Bett und förderte neben diversen Kleinigkeiten den reichlich mitgenommenen Schutzumschlag des Romans zutage, auf dem der Unbekannte des Antonello abgebildet war. Ironisch und aufreizend, ja, intrigant, so erschien ihr sein Lächeln. Dazu eine Spur von Bitterkeit. Das Lächeln eines Mannes … entzifferte sie auf dem zerknitterten Papier … der viel weiß und viel gesehen hat. Der sich gegen den Schmerz der Erkenntnis wehrt, da er die Zukunft ahnt. Der Mitleid hat und es nicht haben will.

Sie schlug den Umschlag um die Buchdeckel, strich ihn so glatt es nur ging, fuhr mit der Hand über das Gesicht des seltsamen Matrosen … einen fast spöttischen Eindruck machte seine Miene jetzt … und schob das kleine Buch zwischen Band eins und zwei des kommentierten italienischen Strafrechts. Dann schloss sie die Fenster, zog sich an und verließ das Haus.

Während sie durch die Sonne zur Porta Marcoli hinaufging, bemerkte sie nach einem Blick über die Ebene, wie erste Gewitterwölkchen am Horizont aufzogen, noch harmlos und spielerisch. Sie dachte an das Epigraph, das sie entdeckt hatte, als sie das Buch in seinen Umschlag hüllte. Das Spiel mit der Ebenbildlichkeit, hieß es dort. Ein Ausloten, ein Mittel der Erkenntnis. Verbunden mit dem Mysterium der Identität. Das mit dem Mysterium der Ähnlichkeit einhergeht. Wenn jemand davon träumte, überlegte Angel, vielleicht ein Künstler, ein anderes Leben jenseits von seinem eigenen zu leben … oder gleichzeitig mit ihm … oder wenn sein Blick wie magisch angezogen auf jemanden fiele, von dem er wünschte, er selbst könne ihm ähnlich sein … bestünde dann, spann sie den Gedanken weiter, nicht auch Gefahr, sich zu verlieren, sich womöglich sogar zu verwechseln?

»Angel, wo bist du? Ich habe dreimal gerufen. Auf welchem Stern warst du?«

Ja, fuhr es Angel durch den Kopf, auf welchem eigentlich?

»Wir gehen zu Beppino. Mittagessen. Komm mit.«

Vor ihr standen Annarella und deren Mann Federico.

»Wie lieb von dir, von euch … das nächste Mal … ich war wohl wirklich kurz …«

»Was macht Gianluca?«, erkundigte sich Federico.

»Er wird doch nicht …«, fiel Annarella ein.

»Du kennst ihn«, nickte Angel, »vierzig Jahre länger als ich.«

»Sie lässt ihn wirklich nicht aus den Augen«, bestätigte Annarella.

»Mamma!«, rief Federico und winkte einer alten Dame zu, die an der Via Gramsci um die Ecke bog. »Warte im Schatten! Ich bin gleich bei dir!«

Annarella seufzte. »Was hab ich dir gesagt.«

Angel sah den beiden nach, die sich im Gehen noch einmal nach ihr umdrehten, und winkte. Federicos Mutter winkte zurück.

Von San Michele schlug es eins. Angel legte einen Schritt zu. Schuldbewusst fiel ihr ein, dass der Kater noch nicht gefrühstückt hatte, während der Rest der Welt bereits zu Mittag aß.

14

Auf ein paar Podesten, die Angel aus Ziegeln zusammengesetzt hatte, standen bereits einige Figuren beieinander. Drei Paare. Kopffüßler. Liebende vielleicht, aus scharf gebranntem Ton, vertieft in die Betrachtung einer dunklen Form auf hellem Grund, auf der Wand gegenüber. Ihr eigener Umriss. Im Negativ. So weit, so gut. Ein feuerroter Mann mit grünem Hund. Wachsformen. Provisorisch. Zwei dramatisch Kniende, schwefelgelb lasierte Keramik, sehr bewegt. Aus einer Serie, die schon vor drei vier Jahren entstanden war. Zwei salatlöffelgroße Eisenteile, die Angel im Frühjahr beim Anlegen des Gemüsegartens aus dem Acker gegraben hatte. Massiv, schwer und in den schönsten Brauntönen verrostet. Wie zwei archaische Ritter in Miniaturformat, die vor Jahrhunderten in ihrer Rüstung eingeschlafen waren. Auf einem kleinen Stein ein Mann, allein. Eine hohe Figur aus rohem Ton.

Wir nähren uns von all den Toten, unverzichtbares Brot … und Wein, las Angel laut aus einem kleinen Manifest, das sie neulich per Post und überraschend aus Urbino erhalten hatte, der Stadt des Montefeltro … Ein Traum vom Theater in 101 Bewegungen … und all diese Toten sind wie Vampire und nähren sich von unserem Blut, um lebendig unter den Lebenden zu bleiben. Bewegung 16. Eine Seite weiter fordert der Autor dazu auf, die Lunte zu zünden.

»Ihr habt's gehört«, wandte sich Angel an ihr Ensemble *in progress*. »Jetzt müssen wir noch ein paar zentrale Figuren und die Motive definieren und dann herausbekommen, wie rum die Sache läuft. Damit es auch am richtigen Ende funkt.«

Die rohe Tonfigur pflichtete ihr bei. Die dramatisch Knieenden rangen die Hände. Ist es nicht zu gefährlich? Du weißt doch, wer mit dem Feuer … Der feuerrote Mann wusste nicht, was falsch sein sollte. Dem Hund war es egal.

Angels Blick fiel auf das Skizzenbuch des Toten aus der Balze. Es ruhte auf einem der Regalbretter. Sie hatte eine eigenartige Scheu gehabt, hineinzuschauen. War wie ein Tier tagelang an ihm vorbeigestrichen. Kurzentschlossen fuhr sie jetzt mit dem Arm über die Arbeitsplatte, wischte eine Fläche frei und legte das Buch auf den Tisch. Dann schlug sie es auf.

Zeichnungen *a sanguigna* … eine Mineralfarbe, gemischt aus Ton und Eisenoxid. *Sanguigno* … blutig … blutrot. Rötel klang da viel verbindlicher. Angel blätterte versunken. Das Büchlein, dämmerte ihr, war ein Herzstück. Ausschließlich Studien zum Christus. Schmerz. Verzückung. Ekstase. Pathos … zurückgesunkener Kopf, halb geschlossene Augen, geöffneter Mund … ein lasziver Märtyrer. Angel betrachtete die Studien des kraftvoll bewegten, fast fleischigen Leibs. Wer war dieser Mann … der Eremo … gewesen …

Versuche über Versuche zum um die Hüften des Christus gewundenen Tuch … zum verschlungenen Knoten, der es zusammenhält, das Geschlecht versteckt und gleichzeitig in den Blick rückt. *Sanguigno*. In Angel stieg dasselbe Gefühl auf, das sie auch vor Rossos Bild empfand. Empfindet. Jedes Mal. Das Tuch befleckt vom Blut der Wunden. Und dennoch. Sah es nicht fast so aus, als menstruierte er … Christus … im Prozess der Auferstehung … als Frau? In welche Wunde wurde der Finger hier gelegt.

Die zarten Füße, fast wie im Tanz. Der Eremo hatte sie ausgiebig studiert. Und das Gesicht. Tausendmal Augen, Nase, Mund. Der sinnliche Mund. Eine wahre Flutwelle von Eindrücken, Empfindungen, Erinnerungen. Und Lächeln …

Das Skizzenbuch schloss auf der letzten Seite mit ein paar Sätzen. »Alles begann an einem Novembertag«, entzifferte Angel, »als mir das Meer die Seele überschwemmte …« Die nächsten Zeilen waren unleserlich. Der Rötel stark verwischt. Vielleicht war eine Flüssigkeit darüber gelaufen, die der Autor zu spät erst hatte entfernen können. »Dort gibt es einen Weg, der ansteigt«, las sie weiter, »zum Vorgebirge …« Noch ein Fleck. »Mein Mantel … im Himmel … im aufziehenden Schirokko …«

Dieser Wind. Schon wieder. Von der Sahara bis zum Mittelmeer. Er kann sich … das hatte Angel doch erst vor Kurzem durch die Apothekerstochter erfahren … zu einem Wirbelsturm auswachsen. Zumindest einem inneren. Vielleicht der Sturm, dessen Böen den oberen Teil von Rossos Bild durchwehen, wie die Vorboten eines …

Vor der Werkstatt brach ein Tumult aus. Etwas raste durch die Hecke, polternd fielen Schaufel, Hacke, Spaten um, der Kater kreischte, eine Tür flog ins Schloss. »Was zum Teufel …«

Angel lief hinaus und stürzte beinahe über das struppige Geschöpf, das um die Ecke schoss. Erschreckt sprang sie zur Seite und hätte dabei um ein Haar den Kater erwischt, der dem Ding dicht auf den Fersen war. Die beiden hetzten rund um den Oleanderbusch, den sie auf ein kleines Rasenstück gepflanzt hatte, so schnell … kreischend, kläffend, Vorteil Kater … dass ihr ganz schwindlig wurde. Ohne Vorwarnung wechselten sie die Richtung, die Rolle von Jäger und Gejagtem.

Angel zögerte nicht lange, lief in die Werkstatt zurück, zog einen Feuerwerkskörper samt Streichhölzern aus der Schublade, war im Handumdrehen wieder draußen, zündete die Lunte und warf den Kracher in hohem Bogen in den Busch. Mein schöner Oleander, seufzte sie, als die Blüten stoben. Doch anders waren die Streithähne nicht zu trennen.

Nach einer Schrecksekunde erstürmte der Kater eine Esche und verschwand im bebenden Geäst. Das struppige Ding überschlug sich, kugelte auf den Rasen und bellte, mehr erstaunt als verärgert.

Wie nützlich, dachte Angel, die Kanonenschläge. Eigentlich gegen die Wildschweine, die den Garten sporadisch nach Wurzeln durchwühlten.

Sie betrachtete das hechelnde Ungetüm. Etwas Kurzbeiniges zwischen Terrier und Undefinierbar, dem eine erschöpfte rosa Zunge aus dem Maul hing. Rauhaarig, irgendwie weiß mit verschieden braunen Flecken und dunklen Ohren. Angel füllte eine Plastikschüssel mit Wasser, bat den Kater um Verzeihung, es war seine, und schob sie vor die feuchte schwarze Nase. Wie ein Verdurstender machte sich der Hund darüber her, sprang dann auf, schüttelte sich, sah Angel für einen kurzen Moment an, den Kopf schief gelegt, und stürzte so überraschend, wie er aufgetaucht war, durch das Loch in der Hecke davon.

»Du kannst runterkommen!«, rief Angel zum Kater hinauf und spülte die Schüssel nachdenklich aus. Wo habe ich ihn nur, überlegte sie, schon mal gesehen?

Die Wolken zogen sich allmählich zusammen. Jede Woche ein Gewitter. Da werden wir einmal ohne Wasserknappheit durch den Sommer kommen, freute sich der Internet-Meteorologe, den Angel jeden Montag prophylaktisch konsultierte. So hatte sie zumindest eine mehr oder weniger verlässliche Aussage, um das Wasser der Zisterne für Blumen und Gemüse einzuteilen. Seit ein paar Jahren war einfach kein Verlass mehr auf die Jahreszeiten. Entweder ertrank man geradezu in Sturzbächen und tagelangen Wolkenbrüchen oder das Land verglühte unter einer Wüstensonne. Im ersten Fall machten Erdrutsche und Fluten die Straßen für lange Zeit unpassierbar.

Im zweiten geriet man in wirbelsturmartige Staubwolken, die einem Sicht und Atem nahmen.

Ja, die Erde leidet, das Land bebt, sagten die Bauern schon seit Jahren, und was geschieht mit den Ernten, mit uns. »Und dann heißt es, das hätte nur am Rande was mit Klimawandel zu tun, wenn überhaupt«, beklagte sich Mario, Angels Nachbar, der einen Teil der Äcker im Tal bestellte. »Weißt du, Miseren gab es immer, du hättest meine Eltern hören sollen. Aber das hier ist nicht normal«, redete er sich in Rage, wann immer sie an seinem Hof vorbeikam und zu einem Gruß anhielt. »Hört auf die jungen Leute … meine Kinder, die wissen Bescheid, aber das passt den Großen nicht, der Reibach reicht nicht aus, und wir müssen ihnen schließlich noch unser eigenes Saatgut abkaufen. Angereichert mit irgendwelchen Sachen, ich will gar nicht drüber nachdenken. Wenn es mal wirklich eine Krise gibt, ich sag's dir heute, dann haben wir nichts mehr zum Zusetzen. Dann wird es sich zeigen. Dann kommt alles ans Licht. Dann können wir die Saat nicht mehr zahlen und den Mähdrescher auch nicht. Dann liegen die Äcker hier brach.« Er hob die Arme und schickte ein verächtliches »Ah!« hinterher.

Nachdem Angel den Kater mit einem Leckerbissen vom Baum gelockt hatte, war sie in der Werkstatt erneut beim Skizzenbuch des Toten aus der Balze hängengeblieben. Auf einmal überkam es sie. Vielleicht eine Sache des Luftdrucks. Sie war verzagt. Jedes Zeichen, hatte ihr der Maler, ihr Freund, vor Jahren schon in seinem Atelier erklärt, vor einer seiner akribischen Radierungen, braucht zu seiner Unterstützung ein weiteres Zeichen. Doch sie hing fest. Wenn ich so weitermache, schoss es ihr durch den Kopf, wird die Obsession des Eremo noch glatt zu meiner.

Sie würde es zurücklegen. Das Buch. Auf der Stelle. Es konnte doch nicht sein, dass sie bereits begann, von diesem

Menschen zu träumen. Sich seine Geschichte vorzustellen. Sein Leben. Seinen Tod. Wo sie nicht einmal seinen wahren Namen kannte.

Angel beeilte sich, den Hügel hinaufzukommen, hörte Marios Tirade etwas weniger geduldig an als sonst … aber was willst du, er hat ja so recht … fuhr an der Balze vorbei und die kleine Straße hinab, bis zum Pfad, der zum Haus des Eremo führte.

Das Gras vor dem Haus stand noch höher als beim ersten Mal. Hier und da raschelte es. Eidechsen. Mäuse. Blindschleichen vielleicht. Kaum eine Handbreit über der Türklinke saß reglos eine grün schillernde Gottesanbeterin. Die Vorderbeine angewinkelt. Den dreieckigen Kopf gesenkt. In Lauerstellung auf Beute. Angel bemühte sich, ihre Konzentration nicht zu stören. Behutsam drückte sie die Klinke. Die Tür war offen.

Drinnen schien es noch dunkler als neulich. Spärlich tropfte graues Licht durch die Ritze der Fensterläden. Sie tastete sich darauf zu. Öffnete das Fenster und klappte die Läden zur Seite. Wandte sich um und erstarrte.

Nichts. Stuhl, Tisch, Bett. Sonst nichts. Keine Zeichnung. Kein Buch. Kein Block. Kein Stift. Angels Blick suchte den Raum ab. Alles fort. Als wäre es nie da gewesen. Sie tat einen Schritt in den Raum hinein. Auf dem Tisch bemerkte sie einen blassroten Fleck. Vermutlich verschüttet aus dem Fläschchen mit der roten Flüssigkeit, Lack oder Likör. Sie fasste nach dem Skizzenbuch in ihrer Tasche. Ihre Beine gaben nach. Ihr Kopf war wie ausgeleert. Sie setzte sich dort, wo sie gerade stand, auf den Boden.

Ein Windstoß fuhr durch das geöffnete Fenster. Die Wand ihr gegenüber wurde sekundenlang von einem grellen Blitz beleuchtet. Schwache Farbspuren. Sprenkel. Löcher von Reißzwecken. Keine Halluzination. Kein Irrtum.

Es krachte. Dann prasselte es los. Ehe der nächste Windstoß die Tür zuschlagen konnte, zwängte sich ein durchnässtes struppiges kleines Etwas durch den Spalt und kauerte sich atemlos und zitternd neben sie. »Da bist du ja wieder«, sagte sie leise.

15

Johannes Baptista de Florentia alias Maestro Rosso pictor de Florentia, der mit Rvbevs Flo. zeichnete … Rubeus, seltsame Koinzidenz, war der Deckname von Adriano Castellesi, einem der Volterraner Verschwörer gegen die Medici und deren Papst. Castellesi, jetzt Kardinal, zuvor jedoch für kurze Zeit in einem heftigen weltlichen Anflug … die junge Brigida … mit Raffaello Maffei verschwägert, war die Flucht nach Venedig gelungen. Dort hatte er so lange ausgeharrt, bis sich die Wogen legten ... Maestro Rosso Rvbevs Flo. wurde in Volterra mit einer Holzplatte konfrontiert, dreifünfundsiebzig mal zirka zwei Meter. Oben gerundet. Sie würde schließlich den ihr bestimmten Platz in der Cappella della Croce di Giorno finden. Die an die kleine Kirche San Francesco grenzende Kapelle vom Kreuz des Tages. Ein Schmuckstück, vollständig ausgemalt von Cenni di Francesco … die Kindheit Christi, das Leben der Madonna, das Kreuz … begehbar nur durch eine schmale Tür vom Kirchenraum aus. Hier soll die Bruderschaft vom Kreuz der Nacht gewirkt haben. Flagellanten, hieß es. Eine dubiose Gesellschaft.

Die Volterraner Auftraggeber werden dem Maler wohl ein Atelier zur Verfügung gestellt haben. Vielleicht sogar einen Gehilfen.

Zunächst skizzierte Rosso seinen Entwurf mit Kohle auf die rohe Platte. Die Komposition würde am Ende fraglos hier und da abweichen. Doch der waghalsige Grund war gelegt. Dann mischte er die Farben. Satt. Leuchtend. Gewaltvoll. Keine Kompromisse. Er würde sie direkt auf den Untergrund auftragen, teils opak, teils lasiert. Im letzten Fall würde die Kohlezeichnung hindurch scheinen, die Skizze sichtbar machen und damit die Überlagerung der Schichten, der tragischen Geschehen.

Raffaello Maffei, der den Maler höchstpersönlich in einige ihm bis dato unbekannte Details einweihen wollte, mahnte ihn mehrmals, in der Figur des Christus unbedingt auch an Ranieri zu erinnern. Der Rosso schüttelte den Kopf. Wen alles galt es noch in diesem Bild darzustellen und gleichzeitig zu verbergen. Ranieri Orlandi della Sassetta, ein guter Mann, letztendlich, beteuerte Maffei, als hätte er den Unmut des Rosso erraten. Zunächst zwar Söldnerführer gegen Pisa, im Auftrag der Medici, dann aber konvertiert zum Rebellen gegen Florenz und dafür, setzte er hinzu und überschlug die letzten anderthalb Jahrzehnte, bereits 1506 von den Florentinern zum Tode verurteilt, in Abwesenheit.

Was dann geschah, wusste auch der Volaterranus nicht zu sagen. Nur, dass das Urteil auf der Strecke blieb. Es wurde offenbar vergessen, Ranieri ein paar Jahre später zur Überraschung aller begnadigt. Und nicht nur das. Sogar sein Lehen in Sassetta haben sie ihm zurückgegeben. Eine Zeit lang hörte die Öffentlichkeit nichts mehr von ihm. Wiewohl Ranieri, so Maffei, im Untergrund für ihre Sache kämpfte … wobei er sich Details ersparte … bis er von neuem in Ungnade fiel. Sein Bruder Geremia hatte Fazio Della Gherardesca getötet. Der war nicht nur ein Graf, sondern auch der Ehemann von Clarice, der Schwester der beiden Brüder. Eine vertrackte Sache, aber letztlich eine Allerweltsgeschichte. Es hieß, es sei zum Streit gekommen. Wegen Clarices Mitgift. Wollte der Graf sich nicht zufrieden geben? Hatten die Brüder keine Lust, noch etwas draufzulegen? Mit Clarice war anscheinend nicht gesprochen worden. Oder der Chronist wollte seine Tinte nicht für solch Nebensächliches verschwenden. In jedem Fall deckte Ranieri seinen Bruder … wer würde das nicht tun, ereiferte sich Maffei, und dass Ranieri vielleicht selbst Hand an den Grafen gelegt hatte, war nichts als böse Nachrede, ein übles Gerücht. Dem Rosso schwirrte der Kopf angesichts der Verwicklungen. Die Medici zitierten Geremia und Ranieri nach Florenz. Die dachten nicht daran, vor dem Gerichtshof zu erscheinen. Il Magnifico verbannte beide Brüder auf Lebenszeit, kassierte Ranieris Lehen, endgültig jetzt, und machte es zu Geld.

Ranieri trieb es um. Er schlug sich für die Borgia, für Venedig, den römisch-deutschen Kaiser, den Vizekönig von Neapel und schließlich für den Papst. Immer auf dem Sprung. Im Jahr, bevor man den Rosso nach Volterra holte, war er von einem Freund verraten worden. Unter Folter. Hieß es. Eins schien gewiss: Den Medici war jedes Mittel recht, den Abtrünnigen zu stellen. Sie machten ihm den Prozess, endgültig, und ließen ihn … Maffeis Augen wurden feucht … im August 1520 enthaupten.

»Ah, korrumpierte Welt«, murmelte der Rosso, während er die Geschichte, die er als Florentiner vom heimischen Standpunkt aus zu Teilen kannte, nun in der etruskischen Stadt aus Maffeis Mund hörte. Mit anderer Gewichtung, versteht sich. Ranieri kein Verräter, sondern Rebell und Held. Und dessen Züge … und die Antonios … dachte er bei sich, Maffei zunickend und die Farben rührend, soll nun euer Christus tragen.

Entschieden mischte er ein Grün, Blau und Türkis. Füllte Terrakotta-Schüsseln mit dem flammendsten Rot.

Die Vipern schlafen in verbrannten Stämmen, hatte ihm Battistino, sein Freund und Geselle, kurz vor dem Aufbruch ins winddurchwehte Volterra zugeflüstert. Und der Berberaffe, den sie beide im Klostergarten aufgelesen hatten und dessen Verstand eher dem eines Menschen glich als dem eines

Tieres, hatte dazu genickt. Wie er zu allem nickte, was Battistino sagte, denn er liebte ihn … wie ihn auch Rosso liebte, den Battistino … und er begriff fast alles, was er sagte.

»Ihr werdet's noch bedauern«, summte der Rosso vor sich hin, »dass ihr nicht dem Peruzzi diesen Auftrag gabt.«

Er nahm, als Maffei gegangen war, einen Schluck von dem karmesinroten klebrig-süßen Likör, den der ihm hingestellt hatte. Vielleicht, damit er keinen Hunger spürte und seine Arbeit nicht unterbrach. Vielleicht, um ihm schlicht etwas Gutes zu tun, in diesen kalten Zeiten. Die Flüssigkeit brannte ihm in der Kehle und wärmte sein Blut. Er verriegelte die Tür.

Battistino hatte es nicht gern gesehen, dass Rosso nach Volterra gegangen war. Er blieb allein mit dem Berberaffen, einigen Eichhörnchen und der Schar von Mäusen, die im Domizil des Malers nach Essbarem suchten. Wie oft vergebens. Und auch Florenz war eine Schlangengrube. Ob er es schaffte, seinen Freund und Meister bei den kirchlichen Auftraggebern zu vertreten? Ob er selbst heil durchkäme, allein, in den Vortagen des Übels, das sie »Die Pest« nennen würden und das … dessen war er gewiss, er brauchte sich nur umzuschauen … nicht mehr lange auf sich warten ließe? Bald würde die Lage so sein, wie Machiavelli sie nicht viel später in seinen Episteln beschreiben sollte, denn »das Gegenwärtige beleidigt uns, die Zukunft bedroht uns … so fürchten wir uns im Leben und werden im Tod gepeinigt.«

Lass mich nur gehen, Battistino, hatte der Rosso gesagt. Ich male ihnen dieses Bild. Ich gebe ihrem Traum meine Gestalt. Dann packen wir die Sachen, lassen die Tiere frei und brechen auf. Nach Rom.

Leichtfertig sagte Rosso diese Worte nicht. Florenz war seine Heimatstadt. In der Gemeinde San Michele Visdomini war er geboren. Nicht weit vom Dom. Am 8. März 1494. In der Werkstatt von Andrea del Sarto hatte er gelernt. Zusammen mit Pontormo. Und doch, was ihm Vasari gleich bescheinigte, konnte man ihn schlecht Schüler nennen. Schon zu eigen war, was unverkennbar seine Malerei werden sollte. Er hatte, präzisierte Vasari, eine Abneigung gegen die Formen und Stile, auch gegen die Arbeitsweisen, in denen man die jungen Künstler unterrichtete, um ihnen … und natürlich auch der Werkstatt ihres Meisters … auf dem umkämpften Markt den Platz zu sichern.

Was nicht hieß, dass Rosso sie nicht geschätzt hätte, die Florentiner Maler, mehr noch, er liebte sie. Und Michelangelo natürlich. Dass er sich nicht an ihnen orientierte. Aber er suchte nach seiner eigenen *maniera*.

Sie würde von Anfang an extrem sein. Wild. Gegen den Strom. Es heißt, er habe, keine zwanzig Jahre alt, eine Madonna gemalt mit dem Kopf des Heiligen Johannes des Evangelisten. Der Kopf wurde nach einer Schrecksekunde … manche beschrieben es als Schock … unter rasch hingemalten neuen Farbschichten verborgen. Die Ordnung wieder hergestellt. Und doch … Die malerischen und perspektivischen Provokationen des Rosso würden weiterhin gegen die Gewohnheit gehen, das Sehen herausfordern, bekannte Muster auf den Kopf stellen. Was bei einigen schon früh Bewunderung auslöste und bei vielen Ablehnung.

Auch wenn Andrea del Sarto zu ihm hielt, der anerkannteste der Florentiner Maler, der ihm anfangs so vieles ermöglicht, ihm wichtige Aufträge verschafft hatte … lange, das war dem Rosso klar, dürfte es ihn nicht mehr in Florenz halten. Denn leben musste er ja auch. Und Battistino. Und die Bezahlung verschlechterte sich zusehends … wie die ganze Lage.

Also Volterra. Viel würden auch sie ihm für sein Werk nicht zahlen können. Die Stadt hatte Jahrzehnte gebraucht, um sich vom verheerenden Sacco der Medici zu erholen. Doch immerhin. Eine Herausforderung war die Sache allemal.

So hatte er den merkwürdigen Auftrag angenommen, trotz Battistinos Befürchtungen, trotz seiner Einwände. Hatte sich auf den Weg gemacht. Sich Hals über Kopf in den Wind verliebt, der an Intensität gewann, je näher er der Etruskerstadt kam. Solch einen Wind gab es nicht in Florenz. Einer, der dir beinahe die Haare vom Kopf reißt, so wild. Im Winter die eisige Tramontana, dass dir die Tränen aus den Augen schießen, oder der beißend kalte trockene Grecale, der arktische Luft bis zum Mittelmeer schickt. Im Sommer der heiße feuchte Ostro, der dich in eine Hitzewelle nach der anderen taucht. Immer ein frischer Levante, Nebelfetzen durch die Stadt treibend. Und der Schirokko. Für wie viel Unruhe hatte der nicht schon gesorgt.

Aber der Rosso liebte es, wenn der Wind durch seine Locken stürmte, an seinem Mantel zerrte, seinen Körper rüttelte, ihn eins werden ließ mit allem, was ihn umgab. Der Wind war ihm Gesellschaft in dieser Stadt der Legenden, Fehden und Gespenster. Der Klüfte und Abgründe. Man musste achtgeben, dort nicht abzustürzen.

»Der Tod ist wie ein Floh, versteckt in der Matratze«, hatte ihm Battistino zum Abschied auf die Wange geküsst. »Du musst immer eine Minute vor ihm erwachen, damit er dich nicht beißt.«

Eine beunruhigte Welt, dachte der Rosso. Sie würde ein beunruhigendes Bild abgeben.

16

Es brummte. Mit erdigen Fingern griff Angel nach dem Telefon. »Pronto?«

»Mamma«, rief Flora, »wo warst du denn? Ich lasse es seit Stunden klingeln.«

»Ciao Flora, tesoro, bei den Tomaten draußen. Wie schön, dich zu hören!«

»Stell dir vor, es hat geklappt! Sie haben mich genommen! Ein Traum! Ich kann's noch gar nicht fassen. Ist heute Morgen mit der Post gekommen. Am 1. September geht es los. Ich komme aber schon eine Woche früher. Kann ich das blaue Zimmer haben? Da gibt's doch Internet? Hängst du am Breitband? Freust du dich?«, sprudelte es aus Flora. »Das erste Jahr ist ganz Theorie. Im zweiten dann Forschungsprojekte. Vielleicht. Australien. Malaysia. Westafrika. Ach, wird sich alles zeigen. Unter der Woche bleibe ich in Florenz. Meistens. Denke ich. Am Freitag dann zu dir. Vielleicht kann ich mit Luca fahren. Oder du gibst mir das Auto. Ich bin so glücklich, ich kann's dir gar nicht …« »Flora«, fiel Angel ihr ins Wort, »wie großartig! Ich freue mich für dich. Aber worum geht es denn genau?«

Flora, euphorisch, wie sie war, verzichtete auf die Bemerkung, dass Angel es doch wissen müsse. Ihre Mutter, und eben das war der beständige, mitunter explodierende Konflikt, war für ihren Geschmack in Gedanken viel zu oft woanders, in Räumen, Sphären, die ihr, die mit beiden Füßen auf der Erde stand, nicht ganz geheuer waren.

Flora war mit Leib und Seele Naturwissenschaftlerin. Ihr Feld die Biologie. Und ihre besondere Leidenschaft galt den

Arachnida, den Spinnentieren, auf deren Erforschung sie sich im Lauf des Studiums spezialisiert hatte. Eine der evolutionär ältesten Ordnungseinheiten von Organismen. Zu deren Entwicklung, Physiologie und Anpassungsstrategien sie nun ab September an der Universität von Florenz forschen würde. An der biologischen Fakultät. Mit einem zweijährigen Exzellenzstipendium.

»Wie stolz ich auf dich bin«, sagte Angel gerührt. »Natürlich kannst du das blaue Zimmer haben. Wie geht es deinem Vater? Was meint er zu deinem Glück?«

»Er hat sich ganz und gar daran gewöhnt, dass wir zusammen wohnen. Fast wie ein altes Ehepaar. Jetzt muss er sich das Abendessen selber kochen. Ich soll dich grüßen«, antwortete Flora.

Enno, Floras Vater, Kapitän einer Barkasse im Hamburger Hafen, und Angel hatten sich getrennt, als Flora sechzehn war. Nichts Weltbewegendes. Nur, dass es Angel nicht mehr im Norden und damit auch nicht mehr bei Enno hielt.

»Er hat geweint«, setzte Flora nachdenklich hinzu, »ich gehe davon aus, vor Freude.«

Flora war beim Vater in Hamburg geblieben, bei ihren Freundinnen und Gewohnheiten.

»Gut, Wehmut war wohl auch dabei. Aber er weiß, dass dies Stipendium mein Traum ist. Ich werde mich übrigens auf die Portia fimbriata konzentrieren. Du kannst dir nicht vorstellen, wie intelligent sie ist. Man glaubt ja, nur die großen Gehirne lernen. Oder die hochentwickelten. Das Spinnenhirn ist mehr als winzig, nicht größer als die Spitze einer Stecknadel. Aber die Portia … eine Springspinne, eine richtige Jägerin … hat eine Intelligenz, genial, strategisch, anders kann ich das nicht beschreiben … frag mich nicht weiter. Erzähle ich dir alles in Ruhe. Also. Keine vier Wochen mehr, dann bin ich bei dir. Ciao Mamma, drei Küsse.«

»Ich schreib dir dann noch genau wann, wie, wo«, schickte Flora per SMS hinterher. »Du holst mich ab, ja?«

»Certo«, simste Angel zurück, »was denkst du denn … drei Küsse auch für dich.«

Sie seufzte. Natürlich freute sie sich. Aber Flora hatte Ähnlichkeit mit einem Wirbelsturm. Sie würde ihre Welt auf den Kopf stellen. Die seit Kurzem eh schon durcheinander war. Zumindest ihre innere.

»Ich hab ihr nicht einmal von dir erzählt«, wandte sich Angel an das struppige Geschöpf, das neben ihr auf der Bank in der Sonne lag. Der Hund schaute sie fragend an. »Keine Bange, ihr werdet euch verstehen.«

Dem Kater war es nicht recht gewesen, als Angel am Abend zuvor völlig durchnässt mit einem ebenso nassen erschöpften Etwas nach Hause kam. Mehr noch. Er traute seinen Augen kaum. War das nicht … Welch eine Frechheit. Er sprang auf den Küchenschrank und betrachtete von oben, wie Angel sich mit einer Sorge, die doch eigentlich nur ihm vorbehalten war, um das Wesen bemühte. Es trocknete, ihm zusprach, ihm sogar, da musste er die Augen schließen, von seinem Futter gab. Ihm wollten schon die Tränen kommen, als ein verlockender Duft ihn aus seiner Melancholie riss. Unter einem wie unbeteiligt halb geöffneten Lid sah er ein Stück Thunfisch, das sich an Angels ausgestreckter Hand vor seiner Nase hin und her bewegte.

Sollte er wirklich klein beigeben? Sich mit einer so kränkenden Situation abfinden? Sich von so einer profanen Geste verführen lassen?

Er sollte. Entschlossen schnappte er nach dem Leckerbissen. Hielt aber vorsichtshalber die erhöhte Stellung. Er musste erst einmal sondieren, wie es unten weiterging.

Der Hund war zu abgekämpft für jede Regung. Kaum hatte er die Mahlzeit verzehrt und etwas Wasser getrunken, rollte er sich auf der Decke, die Angel ihm neben der Küchentür ausgebreitet hatte, ein und fiel augenblicklich in tiefen Schlaf.

Angel betrachtete ihn und fuhr mit der Hand über seinen Nacken. Wie lange hatte sie dort auf dem Fußboden gesessen, im Haus des Toten. Draußen das Gewitter. Blitz und Donner. Regen, der, wenn sich der Wind zu einem Wirbel ballte, durchs Fenster fiel. Sie war nicht in der Lage gewesen, aufzustehen und es zu schließen. Sie hatte nur das Skizzenbuch tiefer in die Hosentasche geschoben, um es vor Nässe zu schützen. Es war das einzige, was es jetzt noch von ihm gab.

Sie hatte einen letzten Versuch unternommen, sich herauszuhalten. Aber etwas zog sie hinein. In eine Absicht, die entschlüsselt werden wollte.

Womöglich war sie zufällig auf die Szene getreten. Eine Figur, die gedankenverloren vorübergeht und in einem entscheidenden Moment, ihr nicht bewusst, absichtslos den Kopf dreht und einen Blick auf etwas wirft, das sich gerade in diesem Moment zeigt. Das auf der Netzhaut hängenbleibt. Als Nachbild.

Sie dachte an das verweigerte Porträt. Oder musste es nicht eher das verborgene heißen. Ein Bild, auf das in einem Augenblick, zwischen dem einen Lidschlag und dem anderen, ein Licht gefallen war. Ein flüchtiges von außen, ein Licht, das plötzlich aufscheint und gleich darauf verlischt. Ein Strahl, der unversehens kurz durch eine dichte Wolkendecke bricht. Oder etwas Inneres. Ein Schimmer der Erinnerung. Ein Funke, der etwas entzündet. Eine Lunte, die brennt.

Er konnte nicht mit ihr gerechnet haben. Er musste seinen Köder ins Blaue ausgeworfen haben. Und sie hatte ihn für eine Wurzel gehalten, aus einer fernen Epoche, die vergessen in einem unbestellten Beet ihres Gedächtnisses ruhte. Und hatte zugeschnappt. Jetzt saß sie da.

Der Hund fiel in unruhige Träume. Wie viele Tage war er umhergelaufen. Wie konnte es nur möglich sein, dass er ihn an der Balze aus den Augen verloren hatte, in jenem Gewitter. Auf einem Weg, den sie gemeinsam wer weiß wie oft gegangen waren. Er hatte jeden Winkel abgesucht. Unter jeden Busch geschaut, hinter jeden Stein. War durch die Felder und Hügel gezogen. Durch den Borgo San Giusto. War ihrer immer gleichen Spur gefolgt. Vorbei am Schreiner. An den kartenspielenden Männern ... wie oft hatte sich der Eremo … er nannte ihn so, weil ihn alle so nannten … dazu gesetzt, vor sich ein Wasserglas voll Rotwein, den sie ihm spendierten, damit er ihren Geschichten zuhörte … Hatte sich unter die Kinder gemischt, die auf dem angrenzenden Fußballfeld tobten und es liebten, sich bei Sonnenuntergang in die etruskischen Gräber zu verziehen, die das Gelände säumten. Sie mussten sich nur durch die Büsche schlagen, schon waren sie in einer anderen Welt. Ein Zeitsprung von knapp dreitausend Jahren. Er hatte ihnen dort an einem Abend Gesellschaft geleistet, ihre Faszination für die Schaurigkeit des Ortes und ihre Süßigkeiten geteilt. Bis ihre Eltern oder Großeltern, die gut wussten, wo sie steckten … auch sie hatten als Kinder schon das wohlige Grausen genossen, in einem Grab zu hocken, im Staub vielleicht noch immer Spuren der seit Ewigkeit Verstorbenen ... nach ihnen riefen, denn selbst ein Sommerabend hat einmal ein Ende.

War ihnen bis zu ihren Haustüren gefolgt, die sich unter mitleidigen Blicken vor seiner Nase schlossen. Die gleichen mitleidigen Blicke, die er auf sich spürte, wenn er alleine durch die Straßen der Stadt lief.

Meist waren sie beide durch die Porta San Francesco gekommen. Anfangs, da kannten sie sich noch kaum, hatte der Eremo ihm bedeutet, auf ihn zu warten, wenn er die Kirche betrat und in der Cappella della Croce di Giorno verschwand.

Bald schon bedurfte es keines Hinweises mehr. Es dauerte nie allzu lange. Nie so lange jedenfalls wie bei der Pinakothek. Da konnte es sein, dass der Eremo erst nach Stunden wieder zum Vorschein kam. Da lag er dann unter dem Bogen vom Vicolo dell'Oro. Den Eingang stets im Blick. Er hatte ihn nie aus den Augen gelassen, den Eremo. Und der hatte keinen Schritt getan, ohne sich nach ihm umzusehen. Es war ihm unerklärlich.

Er suchte das Gelände des Römischen Theaters ab, die Katakomben, die Gänge und die alten Thermen. Drängte sich ins Istante, kaum dass ein Gast die Tür aufstieß. Lief die Gramsci hinauf. Nahm die Via Don Minzoni, bis zum Archiv der Anarchisten, ein karges Ladenlokal, in dessen Fenster Schriften von Pietro Gori, Gramsci und Pasolini in der Sonne blichen. Arturo, der sie hütete, war der einzige, mit dem der Eremo gesprochen hatte … neben ihm, versteht sich … manchmal war er sogar in Lachen ausgebrochen.

Jetzt schaute Arturo ihn sehr traurig an, kramte in seiner schwarzen Ledertasche nach etwas Essbarem und strich ihm mitfühlend über den Kopf. Er schnappte dankbar nach dem Bissen und stürzte davon. Auf der Viale dei Ponti umrundete er die halbe Stadt. Überließ sich dann dem verschlungenen Labyrinth aus schmalen Gassen. Wie oft waren sie dort entlanggegangen, sie beide, in Gedanken versunken.

Bei der Kapelle San Felice wollte er schließlich aufgeben. Fasste sich dann aber doch ein Herz und lief zum Haus zurück … vielleicht … Nichts. Wieder nichts. Legte sich neben den Brunnen und wartete, wider besseres Wissen.

Nur zweimal war Besuch gekommen.

Als Angel vom Boden aufstand, war es schon fast dunkel. Es regnete immer noch. Am Horizont ein aufgeregtes Wetterleuchten, der Widerschein von Blitzen. Wenn es so sein sollte, würde sie der Geschichte nachgehen und deren Fäden aufnehmen, dachte sie und war nicht sicher, ob sie darüber eher froh oder besorgt sein sollte. Sie würde den Versuch machen, sie miteinander in Verbindung zu bringen. Vielleicht gelänge es ihr sogar, den einen oder anderen zu verknüpfen.

Vertrau auf deine Intuition, hatte ihr Freund, der Maler, gesagt, manchmal hast du Glück, und es liegt so etwas wie ein Enzym in der Luft … ich weiß nicht, wie ich es dir sonst beschreiben sollte … etwas, das zu einer chemischen Reaktion führt. Ein Gärungsprozess, eine vitale Kraft, du schließt einen Kreislauf, du mischst viele Farben. Was kommt dabei heraus, hatte Angel gefragt. Rot, hatte er gesagt.

Als Angel aus dem leeren Haus des Toten trat, hielt der Hund Schritt. Er würde bei ihr bleiben. Vorerst zumindest.

17

Die Wesenheiten zogen durch Angels Schlaf, in dieser in ungleichmäßigen Abständen hell erleuchteten Nacht. Ein Sternenregen. Die Pyramide wurde zum Triangulum. Sie selbst einer von drei Punkten. Ihr gegenüber die Verdoppelung des Lächelns. Wie im Spiegel. Sie wollte wegschauen. Zu spät. Etwas hielt ihr die Augen auf. Das Dreieck spannte sich aus. Über einer Kugel. Ein sphärischer Exzess.

Sie befand sich erneut in jenem Traum, den sie schon so oft geträumt hatte. Aus dem sie jedes Mal schwer atmend erwacht war. Sie, ein Punkt, oben auf einer Galerie. In einer Art von Zirkusrund, das plötzlich zum Zylinder wird und schwindelerregend in die Höhe strebt. Das Rund umrahmt von Sprossenwänden. Da sieht sie ihn. Eine kleine Gestalt, flink wie eine Spinne, die an den Sprossen emporklettert. Sie bewundert seine Geschicklichkeit. Es ist nicht ungefährlich. Wie leicht kann man auch stürzen. Dann trifft ihr Blick auf einen anderen, der aus dem Nichts in das Rund tritt. Er sucht die Sprossen ab. Hebt langsam den Bogen, der in seiner Hand ruht. Schon hat er ihn. Gleißend fällt ein Lichtkegel auf den Kletternden. Als hätte ein unsichtbar gebliebener Dritter auf einen Wink hin einen Profilscheinwerfer auf ihn gerichtet, der ihn verfolgt, während er panisch versucht, sich dessen Fokus zu entziehen. Der Mann unten legt an. Der warnende Schrei, den sie ausstoßen will, bleibt ihr in der Kehle stecken. Er zielt. Drückt ab. Der Körper des Kletternden bäumt sich auf. Wie eine Kamera zoomt ihr Auge rasend schnell heran, ganz nah, obwohl sie es verhindern will. Der Tote hängt in den

Sprossen. Der Pfeil hat ihm den Hals durchbohrt. Sein Kopf ist nach hinten gesunken. Die Augen halb geschlossen. Unter den Lidern schimmern die Pupillen. Auf seinen Lippen liegt ein nahezu ekstatisches Lächeln. Ein rascher Schwenk auf den da unten. Er lächelt zurück. Kaum anders. Verzückt.

Madonna Santa, durchfuhr es Angel, als sie jäh erwachte. Unten klappte leise eine Tür. Barfuß lief sie die Steinstufen von ihrem Schlafzimmer zum Wohnraum hinunter. Ihr Herz klopfte. Sie warf einen Blick in die Küche. Der Kater schlief auf dem Schrank. Der Hund schaute auf. Horchte. Die Ohren gespitzt. Dann rollte er sich wieder zusammen. Angel öffnete die Haustür und trat in den Garten. Der Regen hatte aufgehört. Das Wetterleuchten sich gelegt. Die Nacht duftete ungestüm nach Rosen und nassem Gras. Hier und da taumelte ein Glühwürmchen durch die Luft, dicht über den Beeten. Nichts sonst. Alles still.

Angel setzte sich auf die Bank neben dem Eingang, in die milde Dunkelheit, beruhigte sich und lauschte. Vom Dom schlug es drei. Volterra war in Dunst gehüllt. Ihr wurde plötzlich klar, dass sie den wiederkehrenden Traum in Etappen geträumt hatte, im Laufe der Zeit. Die ersten Male war sie aufgeschreckt, sobald sich die Sehne spannte. Dann, als der Pfeil vom Bogen flog. Später, als er dem Kletternden den Hals durchbohrte. Die Angst davor, dem Bild nachts immer wieder zu begegnen, nichts dagegen ausrichten zu können, hatte ihr den Schlaf geraubt. Schlagartig war es dann vorbei gewesen. Sie hatte es vergessen. Und heute Nacht hatte sie den Schluss geträumt. War Zeugin von etwas Unausweichlichem geworden. Das an seinem Ende in eine Art von Einverständnis zu münden schien.

In der Ferne rief ein Chiurlo. Die Zwergohreule. Ein peilsenderartiges *Chiù* eins zwei drei … *Chiù* eins zwei drei … wie von göttlicher Technik gesteuert.

Angel liebte das Leben auf dem Land. In der Natur. Wie hatte sie sich danach gesehnt als Kind. Die Haustür öffnen und draußen sein. Nicht auf der Straße, sondern mitten in der Wiese, in den Hügeln, im Wald.

Weder in Rom war das so gewesen, noch in Hamburg, trotz Tiber und Elbe. In Rom wohnten sie im Testaccio, dem alten Arbeiterviertel, in einem *condominio* zwischen Schlachthof und Scherbenberg. Bis ihr Vater durch einen Cousin Arbeit in Hamburg fand. Als Hafenarbeiter. Sie zogen um. Nach Altona. Er arbeitete sich hoch, zum Kranführer. Ließ nicht nur ihren Bruder studieren, sondern auch sie. Sogar so etwas Undefinierbares wie freie Kunst. Vielleicht war es das »frei« gewesen, das ihn bewogen hatte, sie gehen zu lassen. Frei wollte auch er immer sein. Der Hafen war für ihn wie geschaffen. Aus etwa vierzig Meter Höhe sah er von seinem Kran aus über dem Fluss die Sonne aufgehen, die Frachter ein- und ausfahren. Die ganze Welt zu seinen Füßen.

Im Hafen lernte Angel Enno kennen, bei einer Rundfahrt. Wie oft war sie mit ihm über die Elbe geschippert. Zuerst sie beide. Dann mit Flora. Dann Enno und Flora ohne sie. Sie selbst besaß ein kleines Atelier und machte das, was alle »deine Kunst« nannten. Sie war gewiss kein Picasso, aber nicht ohne Talent und voller Hingabe für ihre Malerei, für die Skulpturen. In Altona fand sie eine kleine, aber zuverlässige Galerie. Konnte sich nicht beklagen. Verliebte sich uneingestanden in einen Schauspieler, der dort eins ihrer Bilder kaufte. Und ging von da an häufig ins Theater. Dann auch in Aufführungen, in denen er nicht spielte.

Enno und Flora zog es aufs Wasser. Die beiden trieben von ihr weg. Sie unternahm nichts, um sie aufzuhalten. Sie spürte nur, dass Wasser nicht ihr Element war. Sie hatte Sehnsucht nach dem Land. Als sie den beiden mitteilte, sie überlege, nach Italien zurückzukehren, *in campagna* zu leben … Haus,

Garten, Werkstatt auf dem Land ... waren sie nicht überrascht, noch machten sie den Versuch, ihr diese Idee auszureden.

Zu dritt unternahmen sie eine Reise. Die letzte gemeinsame. Von Hamburg über Mailand, Verona und Bologna nach Florenz. Von dort aus durch den Chianti und das Val d'Era, hinauf nach Volterra.

Als sie die Stadt dort oben liegen sah, auf dem langgestreckten Grat ... wie ein Raumschiff, das vergessen hatte, ins Universum zurückzukehren ... als sie durch die engen alten Gassen ging und auf die Piazza dei Priori trat, ein Platz, der ihr wie eine Bühne vorkam ... als sie von der hohen Mura del Mandorlo aus über das Römische Theater und das sich wie ein Hügelmeer erstreckende Land blickte, am Horizont der Monte Pisano und die Apuanischen Alpen ... als es ihr in der Pinakothek vor Rossos *Deposizione* den Atem verschlug ... war die Entscheidung gefallen. Südlich der Stadt, inmitten der Felder und Erhebungen, fand sie den Ort, nach dem sie gesucht hatte. Ihren. Flora und Enno kehrten nach Hamburg zurück ... wir wissen ja, wo wir dich finden können ... sie blieb.

Dass sie dies alles gerade jetzt Revue passieren ließ, nach sieben Jahren, mitten in der Nacht ...

Flügel rauschten über ihr. Eine zweite Eule hatte begonnen, rhythmisch auf den Ruf der ersten zu antworten. *Chiù* eins zwei drei *Chiù* ... *Chiù* eins zwei drei *Chiù* ... ein andächtiges Hin und Her über die Hügel. Dann verstummten sie, schlagartig.

Angel tauchte aus ihren Gedanken wie aus einem See. Eine sanfte Brise strich durch den Garten und hüllte sie in kühle Morgenluft. Sie spürte förmlich, wie sich die Erde langsam drehte, dem Licht zu. Nach und nach verblassten die Sterne. Sie stand auf, reckte sich und ging barfuß durch das weiche Gras.

Die ersten Vogelstimmen regten sich. Ein leises Zwitschern in der Hecke. Ein Trillern im Bambus. Ein Gurren in der Pinie. Am Horizont erschien ein rötlichgoldener Streif, dann zeigten sich die ersten hellen Strahlen. An Schlaf war nicht mehr zu denken.

Leise ging sie hinein, schlüpfte in Shorts, T-Shirt, feste Schuhe, zog die Tür hinter sich zu und folgte der vom Traktor gezogenen Spur, die über Marios Hügel hinaus ins Tal führte. Im ersten Licht lag der Hügel da wie ein großes Tier. Der Weizen war schon abgemäht. So, wie die frühen Sonnenstrahlen in die noch schattigen, dunstig rotvioletten Stoppeln fielen, schien er zu atmen.

Hinter sich vernahm Angel ein Keuchen. Sie hatte nicht einmal die Zeit, sich umzudrehen, da war der Hund schon neben ihr. »Wie hast du es geschafft, die Tür zu öffnen?«, wunderte sie sich.

18

»Ich bin gleich bei dir!«, rief Manuele aus dem hinteren Teil der Bar, wo er gleichmäßig dicke Scheiben von einem weißen Brotlaib säbelte, um sie mit Tomaten, Knoblauch, Olivenöl und Basilikum in Bruschetta zu verwandeln. Angel setzte sich an den Tisch neben dem Tresen, dort, wo er immer gesessen hatte, der Tote aus der Balze. Sie war in der flauen Stunde gekommen, zwischen dem letzten Frühstück und dem ersten Mittagessen. Ein paar hoffentlich ungestörte Minuten mit Manuele.

In der Bar vertrieb sich eine Gruppe deutscher Touristen die Zeit, indem sie einen Prosecco nach dem anderen tranken. In dem hohen, fast zu kühlen Istante … die Klimaanlage tat es wieder, hatte sie beim Hereinkommen bedauert … würden sie die Wirkung nicht spüren. Wenn sie später in die gleißende Mittagssonne traten, jedoch schlagartig und umso mehr. Der erste August. Mitten im Solleone. Bis Ferragosto, dem fünfzehnten, Mariä Himmelfahrt, würde die Löwenhitze kontinuierlich zunehmen.

Angel beobachtete, wie Nicolò, ein Stammgast, die Bar betrat, sich orientierte, dann zielstrebig Richtung Theke steuerte, auf der ein Tablett mit sahnegefüllten Bignets stand, seinen Zeigefinger tief in einige von ihnen bohrte, ihn ableckte und sich dann mit so vielen kleinen Windbeutel versorgte, wie in seine linke Pratze passten.

Die Touristen waren in Schweigen verfallen.

»Ciao, Nicolò!«, rief Manuele, während er eine Platte mit Bruschetta durch den Raum balancierte und auf einem der

Tische abstellte, »lass es dir schmecken.« Er füllte eine Tragetüte aus Papier mit den zerdrückten Bignets und hängte sie Nicolò über den Arm. »Für später.«

Der lächelte, ein Mann undefinierbaren Alters. Er gehörte zur Stadt wie all jene, die nach der Auflösung des Manicomio vor nun schon über vierzig Jahren, ohne Familie oder irgendeinen, der sie hatte wiederhaben wollen, geblieben waren, in der seitdem überschaubaren psychiatrischen Abteilung vom Krankenhaus.

Während Nicolò süßigkeitsversunken zur Tür steuerte, schichtete Manuele die verbliebenen Bignets wieder zu einem ansehnlichen Ensemble und zwinkerte Angel zu. »Bin gleich da.« Angel hörte, wie die Touristen überlegten, woanders zu Mittag zu essen.

Manuele, der kurz in einem der hinteren Räume verschwunden war, kam mit einem Umschlag zurück und ließ sich auf den Stuhl neben ihr fallen, nicht ohne Danilo noch um zwei Sanbittèr »mit viel Eis und Zitrone« gebeten zu haben, »sei so gut, Danì«. Aus dem Umschlag zog er ein mehrfach gefaltetes Blatt. Er schien es schon oft in der Hand gehabt zu haben, zerknittert wie es war. Er faltete es auseinander, strich die Ränder notdürftig glatt und schob es zu Angel hinüber. »Das wollte ich dir zeigen. Er hat es mir dagelassen … einen Tag, bevor er sich hinunterstürzte.«

Das Blatt wurde dominiert von einer großen Figur. San Giovanni. Der Rücken gebeugt. Das Gesicht in den Händen vergraben. Hinter ihm der Junge, der die Leiter stützt. Sein Kopf gedreht, der Blick über die Schulter. Angel betrachtete die Skizze aufmerksam.

»Warst du mal in der Pinakothek?«, fragte sie. »Hast du dir mal den Rosso angesehen? Die Kreuzabnahme?«

»Du weißt doch«, Manuele zuckte die Achseln, »ich stehe so gut wie immer hier drin. Aber irgendwann … der läuft ja nicht weg. Überhaupt … das ganze Kirchenzeug. Gespaltenes Verhältnis, um es mal so zu sagen.« Fast zärtlich strich er mit den Fingern über das Blatt. »Dass einer, der so zeichnen konnte, dass so ein Mensch wie er so einen Tod gefunden hat«, bemerkte er nach einer kleinen Pause, »man hat das Gefühl, als seien sie lebendig, die beiden da.«

Stimmt, dachte Angel. Ein ausdrucksvolles Blatt, fast theatralisch. Obwohl schwarzweiß, in Blei und Kohle, aber kräftig, voller Leben und dem Rosso, wenn sie es recht bedachte, erstaunlich nah.

»Als er es mir gegeben hat, ist mir nichts weiter aufgefallen. Aber jetzt … rechts die Gestalt … macht sie nicht einen sonderbaren Eindruck?«

Danilo, damit beschäftigt, zwei Sanbittèr und einige Spuntini gerecht vor beiden auf dem Tischchen zu verteilen, warf einen Blick auf die Zeichnung. »Sieht ein bisschen traurig aus«, bemerkte er freundlich.

»Ich mache mir Vorwürfe«, gestand Manuele, als Danilo außer Hörweite war, »vielleicht war's eine Botschaft und ich … ich hab nicht richtig hingeschaut … ich hätte es vielleicht verhindern können. Traurig trifft's nicht. Eher verstört. Ich meine die Figur. Er selbst war heiter. Dachte ich … Ich muss da etwas übersehen haben. Vielleicht. Bestimmt sogar. Sonst …«

Manuele trank seinen roten Sanbittèr in einem Zug. »Ich habe viel nachgedacht die letzten Tage. Da kommt ein Mensch fast jeden Nachmittag herein. Setzt sich immer an denselben Platz. Wo du jetzt sitzt, Angel. Das hatte ich dir schon … du bist absichtlich … ja … und ich gewöhne mich an ihn, an seine Gegenwart, erzähle und erzähle … und weiter nichts. Jetzt erst fange ich an, mir Gedanken zu machen, jetzt, wo er tot ist. Ich weiß gar nichts von ihm. Ich kann ihn nichts mehr fragen. Die Sache wirft mich komplett auf mich selbst zurück.

Ich fühle mich fast so wie die Figur, die große da, die er gezeichnet hat … für mich.«

Angel hatte Manuele noch nie so verstört erlebt.

»Du kennst mich«, fuhr er fort, »ich bin gar nicht so redselig. Eigentlich. Aber mit ihm … Hab ich ihn ausgenutzt, was meinst du? Und ihn dann hängenlassen, wo er mich vielleicht gebraucht hätte? Ich werde es nie mehr erfahren«, quälte er sich und bedeutete Danilo, ihm doch einen Schluck Grappa einzugießen, Stravecchia, den guten. Ausnahmsweise. »Du auch?«

Angel lehnte ab. Ein Grappa um diese Zeit, und der Tag wäre gelaufen.

»Er war ein großartiger Zeichner. Das steht fest. Wenn er hier saß und gezeichnet hat, war er fast unsichtbar. Und ich oft fast erschrocken, wenn sich das Rotweinglas bewegte. Wie alt er war? Vierzig vielleicht … fünf, sechsundvierzig … schwer zu sagen. Er machte einen … wie sagt man's gleich … zeitlosen Eindruck. Ganz jung und wieder nicht. Tief in sich selbst versunken und zugleich ganz offen … immer ein Ohr für andere … ein Auge auch …«

Während Manuele sprach, musste Angel daran denken, wie ihr Freund, der Maler, ihr einmal von einem Mann erzählt hatte, der jahrelang in ein und derselben Jazzbar saß, alles beobachtete und ein Inventar der Gäste zeichnete, klein, winzig fast, gestochene Porträts. Seite für Seite. Ganze Bücher voll. Akribisch. Und wie er dann, wenn die Bar spätabends schloss, samt seiner Zeichnungen in einer Opiumwolke verschwunden war. Ein Trauma, hatte der Maler erklärt. Nichts weiter. »Was ist aus ihm geworden?«, hatte Angel nachgehakt. »Sie haben ihn eines Morgen gefunden. Dort, wo er immer saß. Sein Kopf auf die Stuhllehne zurückgesunken. Sie dachten, er schliefe. Irritierend. Aber er sah beinahe glücklich aus …«

»…so schien es zumindest«, setzte Manuele nach einer kleinen Pause nachdenklich hinzu. »Er muss sehr genau beobachtet haben. Ist ja meist so, wenn einer wenig redet. Dabei hatte er eine so angenehme Stimme. Weicher Bariton, von der Art. Er sagte immer ›ciao Manuele, gut siehst du aus … ti vedo bene‹…« Manuele seufzte. »Welcher Akzent? Florentinisch vielleicht. Aber nicht nur. Irgendwas Fremdes war auch dabei. Ein leichter Singsang … ein bisschen seltsam, aber es passte zu ihm.«

Danilo kam mit dem Grappa. »Manù, komm runter. In zehn Minuten öffnen wir das Büffet.« Er wandte sich an Angel. »Du glaubst nicht, wie sich die Leute darauf stürzen.«

Zehn vor eins. Die Bar füllte sich. Um eins schließen sämtliche Büros und die meisten Läden, trotz Sommer und Touristen, ganz egal … *si mangia al tocco* … in Volterra isst man Punkt eins. Nicht früher und nicht später. Anfangs hatte Angel das für einen bloßen Spruch gehalten. Nach kurzem wusste sie bereits, dass es sich um etwas handelte, was weit über ein Prinzip hinausging. Und spätestens, seit sie mit Gianluca zusammen war, hatte sie begriffen, dass es um eine schlichte physische Notwendigkeit ging.

Manuele stürzte den Grappa hinunter. »Schon besser«, er schüttelte sich. »Dass mich dieser Mensch so erschüttert«, setzte er hinzu. »Wie gut, dass ich mit dir über ihn reden kann. Sonst wäre er einfach fort. In Luft aufgelöst. Selbst sein Hund ist auf einmal verschwunden. Du weißt nicht, wie er nach ihm gesucht hat. Die ganze Stadt ist er abgelaufen. Und ausgehungert jeden Nachmittag hier aufgetaucht, zur gleichen Zeit, wie immer, mit ihm … du konntest die Uhr danach stellen …«

»Manù!« Der freundliche Danilo klang langsam ungehalten.

»Welch glücklicher Zufall, dass ich Sie hier treffe!«, rief Massimo Grandini, der die Bar mit einem kleinen Team der

RAI zum Mittagessen betrat. Er schob die Sonnenbrille in die Stirn, strahlte Angel an und versetzte Manuele einen freundschaftlichen Schlag auf den Rücken. Sein Blick fiel auf die Zeichnung. »Schönes Blatt«, bemerkte er anerkennend. »Erinnert mich an San Giovanni, den vom Rosso, in der Pinakothek. Was für ein Bild! Das müsst ihr euch einmal anschauen.«

Manuele sprang auf. »Setz dich, Grandini. Ich hab mich ganz in Gedanken verloren.«

»Bei dieser reizenden Signora, caro mio … das ist kein Wunder.« Massimo Grandini bedeutete seinen Leuten mit einem Nicken, dass sie heute auf seine Gesellschaft verzichten mussten, und ließ sich neben Angel nieder. Sie hatte den Moment verpasst, sich ohne Aufhebens zu verabschieden.

»Was machen die Medici?«

»Die dritte Staffel ist in Vorbereitung. Das heißt, wir haben schon recht viel im Kasten. Fehlt nur noch eine zentrale Szene mit Savonarola, ja, und all das, was in Volterra gedreht werden soll. Gar nicht so einfach mit den Verabredungen hier. Da sind die Leute erst begeistert, und wenn's dann Ernst wird, heißt es dauernd dies geht nicht und das auch nicht.«

Manuele war dabei, noch zwei Teller mit Bruschetta auf dem überfüllten kleinen Tisch unterzubringen. Rasch rettete Angel die Zeichnung des Eremo.

»Für euch, die letzten. Grandini, anschließend eine Pappa, wie immer?«

»Was fragst du mich, wo du es eh schon weißt«, warf der ihm zu. »Wenn ich daran denke«, wandte er sich an Angel und zeigte auf das Blatt in ihrer Hand, »dass Volterra die *Deposizione* damals nicht nach Florenz ausgeliehen hat. Pontormo und Rosso Fiorentino. Eine enorme Ausstellung … Leihgaben aus aller Welt, das ganze Werk, beinahe, eben … eine Schande, ach was, sträflich, kleinkariert …«, redete er sich in Fahrt.

Angel konnte sich gut erinnern. Wenn jemand das Bild sehen will, soll er nach Volterra kommen. So hatte es damals aus der Pinakothek geheißen.

»Das liegt womöglich weniger an der Stadt als an den falschen Leuten in den falschen Ämtern«, gab sie zu bedenken, »was ja nichts Neues ist.«

»Und Rossos Meisterwerk hat gefehlt«, klagte Grandini, »wie schmerzlich. Wer ist nicht alles nach Volterra gefahren, um die Leitung der Pinakothek zu überzeugen. Fast auf Knien haben sie sie angefleht. Zeichnungen allein tun es bei einem solchen Unternehmen nicht. Man will das Bild sehen. Wie soll man sonst vergleichen. War übrigens auch das Credo des Archivars des Gabinetto dei Disegni an den Uffizien, ein Freund von mir, was hat auch der nicht alles …«

»Das klingt hochinteressant«, fiel Angel ihm ins Wort. »Was meinen Sie, ob Ihr Freund einmal ein paar Minuten für mich erübrigen könnte? Ich würde mir Rossos Handzeichnungen zu gern ansehen.« Sie erhob sich. »Ich muss jetzt leider.« Grandini sprang auf.

»Das wird sich bestimmt machen lassen«, sagte er, »und wissen Sie was, ich werde Sie begleiten. So leid es mir tut, dass ich Sie jetzt schon gehen lassen muss, aber dann sehen wir uns ja in Kürze wieder, denke ich, nicht wahr, in Florenz.«

Massimo Grandini notierte sich Angels Nummer. Er würde sie so bald wie möglich informieren.

Angel faltete die Zeichnung zusammen und hielt sie Manuele, der mit Grandinis Pappa aufgetaucht war, entgegen. Auf der Rückseite des Blattes sprang ihr ein bleistiftgeschriebener Satz ins Auge, der ihr bislang entgangen war.

»Wo steht dein Wagen?«, fragte Manuele. »Danilos Neffe ist gerade da, der trägt dir den Madonnino rüber, zwei Kisten.«

Die Handschrift des Eremo. Wie die im Skizzenbuch, dem einzigen Beweis für den Schatz an Zeichnungen, der ihr und der Welt geblieben war.

»Angel?«

»*Je connais tout fors che moi-même*«, las sie lautlos. Sie lächelte Manuele geistesabwesend an und drückte ihm das Blatt in die Hand.

19

»Du hast nichts gelernt«, sagte Savonarola. Er stand neben Lorenzos Bett und hielt die Hand des Sterbenden. »Alles, was in Florenz blüht, ist die Korruption. Wie die Pest hat sie sich verbreitet. Alles, was du berührtest, hast du infiziert.«

Lorenzo wandte den Kopf und hob die von Krankheit schweren Lider. Er schaute durch Savonarola hindurch. In die angrenzenden Gemächer. Auf die Familie, alle versammelt. Mit unterschiedlichen Empfindungen warteten sie alle auf sein Ende.

»Gott wird dich strafen«, sagte Savonarola. »Für deine maßlose Eitelkeit. Für deine Prunksucht, deinen Größenwahn.«

Lorenzos Blick kehrte langsam zu dem Dominikaner zurück. »Gott wird sich meiner annehmen.« Nicht umsonst hieß er der Prächtige. Seine Klugheit und Gewandtheit. Die ihm von Gott gegebene Liebenswürdigkeit des Geistes. Seine Bildung. Sein feiner Sinn für Wissenschaft und Kunst. All dem verdankte sich sein Ruhm.

»Gott wird dich strafen«, sagte Savonarola. »wegen deiner Schändlichkeit.« Herrschaft, Unterdrückung, Ausbeutung, nichts anderes verband er jetzt mehr mit den Medici. Und mit Lorenzo.

»Gott wird sich meiner erinnern.« Florenz, Sammelplatz der Gelehrten, der Künstler. Er selbst, Lorenzo, gefeierter Redner und Poet.

»Ausgepresst hast du die Stadt. Für dein Vergnügen. Dem Volk die Freiheit genommen. Es bluten lassen. Damit du dich ausleben konntest.« Der Karneval. Volksbelustigung. Spektakel.

Florenz degradiert zur Kulisse für prunkvolle Umzüge zur Manifestation der Macht. Der politischen. Der ökonomischen. »Bereichert habt ihr euch an den Menschen, an unserer Stadt, du und deine Familie, andere Städte habt ihr zerstört, Volterra schier vernichtet, durch den Sacco.«

Piero, der älteste der Söhne, stand an der Tür und versuchte, die Worte des Priors von San Marco zu erlauschen.

»Gott wird dich strafen. Du bist verantwortlich für den Verfall der Sitten. Den Niedergang der Moral. Und die Verweltlichung der Kunst.«

»Gott weiß, was ich geleistet habe.«

»Leiste Verzicht, Lorenzo. Erkenne dich im Angesicht des Todes. Wirf den geraubten Glanz von dir. Lass deine Familie zurücktreten. In die Reihen des Volkes.«

Im Nebenraum schluchzte Lucrezia, Lorenzos Lieblingstochter.

»Gott weiß, dass ohne mich nichts wäre.«

Savonarola beugte sich vor und legte seinen Mund nahe an Lorenzos Ohr. »Niemand, Lorenzo, wird deine Gärten erinnern. Deine Bauten. Deine Verse. Deine Künstler. Botticelli. Leonardo. Buonarroti. Ihre Werke werden zu Staub zerfallen. Den der Wind verweht.«

Lorenzo atmete schwer.

»Gott hat mir aufgetragen, all diese Machwerke zu zerstören«, flüsterte Savonarola. »Gott hat mir befohlen, die Welt vor dem Verderben zu retten.«

Lorenzo wandte den Kopf. Seine Augen trafen die des Dominikaners. »Die Kunst kann nicht von Gott getrennt werden. Das Herz des Menschen sehnt sich nach Kunst und Schönheit, wie es sich nach Gott sehnt.« Er verzog den Mund zu einem Lächeln.

Savonarola drückte seine Hand fest und immer fester, bis sich das Lächeln in Schmerz verzerrte. Dann ließ er sie langsam los, strich einmal zärtlich, wie unbeabsichtigt, darüber, und richtete sich auf. »Ich weiß, was Gott will. Viele Geheimnisse sind in mir beschlossen. Gott hat mir eingegeben, Florenz zu retten. Es reicher und mächtiger zu machen, als es je war.«

»Erkenne dich, Girolamo. Öffne die Augen. Auch du wirst feststellen, dass dich das Leben überrennt.« Lorenzo schloss die bleiernen Lider. »Dann wirst du es verstehen. Doch dann ist es zu spät …«

»Und drei … zwei … eins … Danke. Das war's!« Duray sprang aus dem Regiestuhl und wandte sich an seine Schauspieler. »Sehr gut. Ihr ward fantastisch! Ich denke, hier gibt's nichts nachzudrehen. Damit haben wir den Schluss im Kasten. Danny, komm her.« Er streckte die Hand aus und half dem gerade erst Gestorbenen aus dem Bett. »Das war ein großer Moment. Behalte das, ja, spiel Lorenzos konzentrierte Bewusstheit im Moment des Todes schon immer ansatzweise mit, lass sie schon immer wieder mal durchblicken, wenn wir dann im Stoff zurückgehen.« Er klopfte ihm auf die Schulter.

»Grandini«, blickte er sich suchend um. »Sind wir mit Savonarola durch?« Er zog Francesco, den Darsteller des Savonarola, zu sich heran. »Deine Idee mit seiner Hand. Mit einer einzigen Geste hast du alles rübergebracht.«

Francesco nickte, noch in Fahrt. »Lorenzo stellt den Menschen ins Zentrum der Welt, Savonarola Gott«, erläuterte er euphorisch, »aber in ihrer Absolutheit, das ist mir klar geworden, sind sie sich gleich. Ich glaube, sie liebten sich wie Brüder und …« »Grandini!«

»… hassten sich auch so, und …«

Massimo Grandini beendete sein Telefongespräch und nickte. »Ja, Savonarola haben wir.«

»… da dies die letzte Szene ist«, fuhr Francesco, zu Duray gewandt, fort, »in der wir Savonarola sehen, wollte ich durch diese Geste deutlich machen, dass er sich wahrhaft und endgültig von den Medici trennt. Vom Weltlichen. Ganz rigoros. Aber nicht ohne einen letzten Anflug echter Liebe. Ehe er dann die Eitelkeiten verbrennt. Ich bin Schauspieler, kein Historiker, aber ich meine, dass …«

Duray schloss ihn in die Arme. »Lass mich dir noch einmal sagen, wie glücklich ich über unsere Zusammenarbeit bin.«

»Und weiter?«, wandte er sich an Grandini.

»Florenz ist geschafft. Im Großen und Ganzen«, sagte der. »Bleiben noch ein paar Außenaufnahmen vor der Signoria. Können wir nebenbei mitnehmen. Im September ein paar Tage im Val d'Orcia und in Castelfiorentino. Und gut zwei Wochen in Volterra, Piazza dei Priori, Verschwörer und Volk.«

»Fein«, freute sich Duray, »dann gehen wir also wie geplant in eine kurze Sommerpause.«

Er hob den Arm und bat die anwesenden Schauspieler, Kameraleute, Masken- und Kostümbildner, Licht- und Tontechniker um Ruhe. »Ich danke euch allen für die gute Arbeit und denke, wir sollten noch ein paar Minuten gemeinsam hier verbringen … am Totenbett unseres Prächtigen«, er lachte, »und dem Weltlichen bei Wein zusprechen und einigen Spuntini … eine Aufmerksamkeit der Produktion«, setzte er hinzu. Alle klatschten.

»Grandini«, er schaute sich um, »wir treffen uns morgen gleich um acht, im Büro. Da haben wir den ganzen Tag, um uns im Detail nochmal die Dispo anzuschauen und alles abzugleichen.«

Grandini seufzte.

Auf Durays Zeichen hin flogen die Türen auf, und ein Schwarm schwarzgekleideter Kellner schwirrte mit Tabletts voller Köstlichkeiten und weingefüllter Gläser durch die Räume.

Danny griff nach zwei Rotweinkelchen und steuerte auf Francesco zu. »Cincìn! Das hat gepasst, mein Lieber.« Sie stießen an. »Wusstest du übrigens, dass Kolumbus, kaum dass Lorenzo gestorben war, auf den Bahamas gelandet ist? 1492. Was für ein Jahr. Er muss gedacht haben, er wäre schon im Paradies. Schade, dass mein Lorenzo das nicht mehr erlebt hat. Es heißt, er habe auch in die Expedition investiert, nicht nur die Spanier.« Er schüttete den Wein in einem Zug herunter. »Keine Kämpfe mehr, um seine Macht zu sichern. Keine Gefährdung seiner Stellung. Der Prächtige als heller Mittelpunkt des Universums von Poeten, Philosophen, Humanisten. Und das blühende Florenz der Stern am Himmel der Kunst und der Kultur …«

»Savonarola, caro mio, war da anderer Meinung«, fiel ihm Francesco ins Wort. »Du hast es ja gehört. Nichts als Korruption. Und die Kunst … irdische Eitelkeit. Ein schwerer Fehler, das ist meine Meinung. Das Leben, das er meinte, war fixiert aufs Jenseits. Also wollte er Gott in die irdische Herrschaft eingebettet wissen …«

»Seinen Gott«, klopfte ihm Danny auf die Schulter. »Ein Gottesstaat nach seiner Vorgabe. Auch eine Diktatur. Nur lange nicht so freudvoll.«

Lucrezia näherte sich den beiden, das schwere Kostüm am Hals weit aufgeknöpft, ein Glas mit kühlem Weißwein in der Hand. »Welch eine Hitze«, stöhnte sie.

»Jetzt kannst du dir vorstellen«, neckte sie Francesco, »wie heiß es herging, als Savonarola all die Eitelkeiten verbrannte … Stoffe, Musikinstrumente, Kostüme, Masken, Gewänder und Perücken, Bücher von Boccaccio und Petrarca, Büsten und Gemälde der schönsten Frauen von Florenz …«

»Wie furchtbar«, schüttelte sich Lucrezia.

»… alles zu einer Pyramide aufgeschichtet und angezündet«, ließ Francesco nicht locker und küsste sie auf den feuchten Nacken. »Mitten in Florenz, auf der Piazza della Signoria …«

»Stimmt es«, fiel Danny ein, »dass Botticelli einige seiner Bilder höchstpersönlich in die Flammen warf? Wenn mein Lorenzo das gewusst hätte …«

»Zum Glück war er schon tot«, bemerkte Lucrezia, beinahe erleichtert. »Ihr habt da gerade wunderbar gespielt, ihr zwei. Ich war ergriffen«, setzte sie lobend hinzu. »›Erkenne dich, Girolamo.‹ Eindringlich. Wirklich. Glaubt ihr, dass einer der beiden sich je die Mühe gemacht hat, in sich zu gehen? Na«, sinnierte sie, »vielleicht hatten sie bei allem, was es unentwegt zu tun gab … eine Schlacht nach der anderen, ob gegen weltliche Gegner oder mit Gott … ja nicht einmal die Zeit dazu«, und gab einem der Kellner mit süßem Lächeln zu verstehen, er solle ihr noch einen Weißwein bringen.

»*Tutto conosco … fuorché me stesso*«, erwiderte Francesco. »Gut, dass ich abgespielt bin … Savonarola, meine ich … ich werde sonst noch philosophisch.«

»Pathetisch, carissimo, eher pathetisch«, stichelte Lucrezia, ließ sich von einer Gruppe lachender Komparsen in die Mitte nehmen und zur nächsten Unterhaltung treiben.

Francesco zuckte die Achseln. »Da siehst du es, Lorenzo, was du angerichtet hast.«

Er nahm Anlauf, sprang auf einen Tisch und deklamierte Verse eines jungen Dramatikers, die von Shakespeare selbst hätten stammen können:

I Medici … I Medici …
Let me tell you about fleas
the rich and wealthy are the fleas …

… in seiner Umgebung verstummte das Gespräch …

… fleas feast on the blood, sweat, and tears of others
to fill their homes with gold and jewels as the people starve
fleas spread the plague …

… Francesco holte Luft und setzte zum Finale an …

In this age of darkness we have been distracted from the one thing
that truly matters
and that is …

»Bravo! Bravo!«, schallte es von allen Seiten, die letzten Worte gingen im Beifall unter. Francesco verbeugte sich, ergriff die Hand, die sich ihm entgegenstreckte, und ließ sich von Grandini beim Absprung helfen. Er nahm einen tiefen Zug aus dem Rotweinglas, das der ihm vorsorglich mitgebracht hatte, kannte er doch Francescos Vorliebe, jede seiner Rollen endlos auszubauen.

»Köstlich!«, nickte Francesco anerkennend.

»Ja«, bestätigte Grandini, »Madonnino del Chianti. Hat mir ein Freund empfohlen. Aus Volterra. Genieß ihn jetzt … im September bist du ja nicht mehr dabei.«

Er fuhr Francesco durch die schwarzen Locken, beinahe liebevoll, wie dem schien, und wandte sich zum Gehen.

»Lass mir eine Kiste nach Mailand schicken, Massimo!«, rief Francesco ihm hinterher und nahm noch einen Schluck. »Nein, warte, besser zwei!«

20

»Luca«, sagte Angel, »störe ich?«

Die geschäftsmäßige Stimme des Anwalts verwandelte sich augenblicklich in die des Freundes. »Aber nein! Welch eine Freude!«

Massimo Grandini war schnell gewesen. Er hatte Angel quasi über Nacht einen Besuch in der Handzeichnungssammlung der Uffizien vermittelt, wo sie die Studien der Manieristen einsehen konnte. Vor allem die des Rosso Fiorentino.

Es gebe kein so reichhaltiges Konvolut, habe ihm der Archivar gesagt … was beinahe wie eine Entschuldigung klang … bei Pontormo sehe es weit besser aus. Was sie denn eigentlich suche? Nun, das werde sie ihm zweifellos erzählen … Irgendwann einmal, natürlich … Zu schade nur, hatte Grandini betrübt hinzugesetzt, dass er es wohl nicht schaffe, sie in die Sammlung zu begleiten. Er hätte allzu gern … doch leider … sein Regisseur wolle vor der Sommerpause …

Angel war ihm mit überschwänglichem Dank ins Wort gefallen.

»Der Termin ist schon morgen um drei«, sagte sie, »ich nehme den Bus um zehn, über Colle. Wir könnten dann abends gemeinsam zurückfahren, was meinst du, Luca?«

»Lass mich nachdenken. Wenn es mir gelingt, einen Klienten zu verschieben … aber was spricht dagegen«, überlegte er, »dann könnten wir um zwei zusammen essen. Und ich begleite dich anschließend in die Uffizien. Natürlich nur, wenn du nichts dagegen hast, entschuldige den Überschwang … vielleicht willst du ja auch allein …«

Aus Angels Reaktion schloss Gianluca, dass sie sich über seinen Vorschlag freute. Und stellte fest, dass er darüber glücklich war.

Angel legte auf und blickte von der Anhöhe des Gartens über die Hügel, auf deren Kämmen und Höckern, in deren Mulden, Waldungen und Olivenhainen sich die Morgensonne verfing. Die ersten Traktoren fuhren in der Ferne, und auch Mario hatte begonnen, die leuchtenden Stoppeln unterzupflügen.

Bis Ferragosto würde sich das stoppelige Gold in ein helles Braungrau verwandelt haben und an ein Eselsfell erinnern. Darauf die gleichmäßigen Spuren, Linien und Strukturen des Traktors, fast eine Webarbeit.

Als steuere ihn ein innerer Kompass, Mario, dachte Angel, als sie dessen Weg mit den Augen folgte. Einmal gepflügt … was Tage dauerte, manchmal auch Nächte, falls die Nachmittagshitze die Arbeit unmöglich machte … Nächte, in denen sich der Traktor im Kegel zweier leuchtender Scheinwerferlichter zielstrebig hinan und hinab bewegte … gepflügt würde der Hügel ausruhen, das Tier in Schlaf versinken, bis zum ersten Regen. Der dann im Nu einen zartgrünen, nach schwerem Lehm und grasigem Kraut duftenden Flaum hervorzauberte.

Angel musste daran denken, wie ihr Freund, der Maler, bestimmte Hügel mit einer Hirnschale verglichen hatte. In die er hineinblicken konnte wie in ein Gefäß. In seinen akribischen Arbeiten hatte er die Hirnwindungen abgetastet. Hatte jede Rille, jeden Spalt dieser faszinierenden Landschaft untersucht, in die er forschend mit der Radiernadel eindrang … der aufregenden Gelände, die er sezierte. Mit einer unsicheren, schüchternen und zugleich entweihenden Geste … genauso hatte er es ihr gesagt. So war im Lauf der Zeit ein Bild entstanden, das ihm entgegensprang. In das er eintauchte. Das ihn verstörte. In dem er versank.

Angel betrachtete, wie sich die Linien, die Mario zog, unmerklich verlängerten. Wie die Spuren wuchsen. Bemerkte auf einmal verwundert, wie sie begannen, zu einer inneren Spur zu werden. Fühlte, wie etwas lange Vergessenes in ihr aufstieg. Dieses Etwas ging mit dem schwachen Duft harzigen Holzes einher. Und kalter Feuer. Mit dem tiefen Grün alter Bäume. Dem Rostrotbraun eines gewaltigen Ankers, der, unerklärlich, mitten auf dem Land in einer Wiese steckte, sorgsam gemäht, gesäumt von exakt angelegten Beeten.

Dieses Etwas verband sich mit ihrem Freund, dem Maler. Angel war nicht bewusst gewesen, wie sehr sie ihn vermisste. Wie sehr sein Forschen, sein ewiges Fragen, seine obsessiven Ermittlungen, seine rigorosen Schlüsse sie in ihrem eigenen Denken beeinflusst hatten.

Durch den Eremo, durch dessen Tod und die Geschichte, in die sie da geraten war, bahnte sich das, was sie seit dem Tod des Malers in irgendeinem Winkel ihrer Erinnerung abgelegt hatte, allmählich einen Weg ans Licht. Hätte sie dieses Lächeln nicht gesehen …

Allmählich begriff sie, in welchen Rausch ihn, den Maler, das eine Bild versetzt haben musste, das allen seinen Bilder zugrunde lag. Dem er mit spitzer Nadel durch sämtliche Windungen des Gehirns auf der Spur gewesen war. Eine Spaltung … so hatte er es genannt … oder eine Spiegelbildlichkeit.

Dieses Bild, nach dem er sich durchsuchte und das er durch seine Suche gleichzeitig erschuf, hatte ihn mit einer anderen Dimension der Realität konfrontiert. Und wenn er von ihm sprach … von der Energie, die es ihn kostete, es zu entschlüsseln … war auf seinen Lippen stets dieses rätselhafte Lächeln erschienen. Ekstatisch, schmerzlich … fast skandalös …

Aus irgendeinem Grund, den er ihr nie verraten hatte … wie vieles, das er so gern in der Schwebe ließ … hatte er beschlossen, sie in manche seiner Überlegungen einzuweihen, sie bei der Hand genommen und in das Labyrinth seiner Fixierungen geführt.

Auf diese Weise hatte Angel ihn auf einer jener inneren Reisen begleitet, zu denen er jahrelang aufgebrochen war, Tag für Tag, Nacht für Nacht. Auf denen ihm, wie er beteuert hatte, alle Neuigkeiten dieser Welt zustießen und er Häfen ansteuerte, deren Existenz er nicht einmal ahnte. Er, der Maler, ein Odysseus auf innerem Meer, im Kampf mit Göttern, Nymphen und Sirenen. »Der viel unnennbares Leid erduldet, um seine Seele zu retten«, hatte er genickt, »und die eines Freundes, in Erwartung seiner Wiederkehr.«

Auf eben jener Reise war ihr Paul Klees Sindbad in den Sinn gekommen, der auch auf einer See aus Farben, allein in seinem Nachen, mit nichts als einer schwankenden Lanze gegen Ungeheuer kämpft, die sein fragiles Gefährt umzustoßen und ihn zu verschlingen drohen. Kein Land in Sicht. Ist er beunruhigt? Schwer auszumachen. Womöglich singt er ja sogar. Eine Arie. Womöglich spielt sich das Geschehen auf einer Opernbühne ab, auch wenn das Blut, das feuerrot aus dem Maul der einen Meeresschlange tropft, deren Kopf von einem Punktscheinwerfer wie absichtsvoll herausgeleuchtet wird, erschreckend echt wirkt. Der süßliche Geruch dringt förmlich in die Nase. Womöglich ist das Ganze aber auch eine Farce. Oder ein Seiltanz … so wie Sindbad sein Boot balanciert. Die Lanze, seine einzige Waffe, dient ihm dabei als Stange, um das Gleichgewicht zu halten. Sie führt direkt an seinem Hals vorbei. Er hätte sich damit auch köpfen können. Er könnte es noch immer. Ein falscher Schritt …

Nun, hatte der Maler, als hätte er ihre Gedanken gelesen, damals gesagt, es ist ein Spiel. Bei dem man durchaus den Tod finden kann. Ein Spiel, das sich im anderen erfüllt. Ob sie denn nicht schon einmal über die Sprachen lebendiger

Zeichen nachgedacht habe. Über die innere Logik einer anderen Realität.

Du wirst nicht umhinkommen, dich selbst in die Waagschale zu werfen, hatte er ihr zu bedenken gegeben. Sonst wirst du die Realität … diese und eine andere … wohl kaum entziffern können. Er selbst sei über lange Zeit davongekommen, da er die große Gabe habe … du kannst es auch *la grazia* nennen, hatte er präzisiert … auf die eine Art loszugehen und auf eine ganz andere anzukommen.

Eines Nachts, vor Jahren, hatte er ihr dann plötzlich eine Nachricht gesandt, im Traum. Sie solle sich beeilen. Als sie den Raum betrat, in den er sie bestellt hatte, war er nicht da. Sie bahnte sich den Weg durch eine Menschenmenge, zur Hintertür, öffnete sie und blickte hinaus auf eine dunkle Straße. Dort stand eine schwarze Limousine mit laufendem Motor. Aufrecht saß er im Fonds, den Kopf leicht zurückgeneigt, die Augen halb geschlossen … sein rätselhaftes Lächeln … schmerzlich, ekstatisch. Angel wollte rufen, doch die Limousine fuhr an und davon.

Verstört war sie erwacht. Hatte wahrscheinlich kurz die Augen aufgeschlagen. Wir sehen uns, sobald ich wieder da bin, stand in fluoreszierenden Buchstaben an der Wand. Wahrscheinlich hatte sie für den Bruchteil einer Sekunde das Bewusstsein verloren. Denn als sie nochmal blinzelte, war nichts mehr da.

Frühmorgens hatte Anibale angerufen, sein Battistino, und ihr gesagt, dass er in jener Nacht gestorben war.

Woher hatte er ihr telegrafiert. Sie auf die Spur gesetzt. Erinnere dich. Und sie? Sie hatte es im Lauf der Zeit vergessen. Doch etwas musste sich wohl eingenistet haben, unmerklich, auf ihrer Netzhaut. Das sie, ohne es noch zu wissen, im Bild des Rosso gesehen hatte. Das beim Eremo, dem Toten aus der Balze, auf einmal aufblitzte. Das Nachbild eines Nachbilds eines Nachbilds …

Eine schwer greifbare Erleichterung breitete sich in Angel aus. Fast eine Freude. Es kam ihr vor, als sei sie da soeben durch einen Fluss getaucht, einen der unterirdischen. Nein, korrigierte sie sich dann, nicht *durch* einen, sondern *in* einen … eingetaucht … für einen kurzen Augenblick. Der Anfang. Ein Ufer war noch nicht in Sicht. Und welches wohl?

Wenn du es nicht weißt, wer soll es dann wissen?, hörte sie seine Stimme aus dem Off.

21

Angel parkte den Panda auf dem freien Platz vor der Docciola und stieg die zweihundertdreiunddreißig Stufen zur Stadt hinauf. Bevor der Bus nach Florenz abfuhr, wollte sie die Zeitung kaufen und in ihr Postfach schauen. »Ich gehe davon aus, dass ihr euch vertragen werdet«, hatte sie Hund und Kater eher hoffnungsvoll als überzeugt zugerufen. Und ihnen zwei gut gefüllte, weit genug voneinander entfernte Näpfe hinterlassen.

»Hast du das gehört?« begrüßte Annarella sie, kaum dass sie an den Schalter getreten war, hinter dem die Freundin Stapel von Briefen, Einschreiben und Nachsendungen sortierte.

»Nein«, sagte Angel. »Was soll ich gehört haben?«

»Das Haus des Eremo ist schon verkauft. Ich meine das, in dem er wohnte. Recht betrachtet so etwas wie eine Hütte. Aber ausbaufähig, wenn du mich fragst. Und von der Lage her gar nicht so schlecht. Keine zehn Tage ist er tot und schon alles unter Dach und Fach.« Sie schaute Angel bedeutungsvoll an.

»Was willst du damit sagen?«

»Nichts«, erwiderte Annarella, »nur, dass die Sache erstaunlich schnell ablief. Als hätte man nur drauf gewartet, dass …«

»Annarella!«, mahnte Ubaldo, der von dem Zahlschein aufblickte, den er an einem Stehpult ausfüllte.

»Oh, nein, mio caro«, wehrte Annarella ab, »das habe nicht ich gesagt, sondern ganz andere. Die übrigens auch meinten, man solle vielleicht sogar gewisse Behörden darauf aufmerksam machen.«

»Weiß man, wer es gekauft hat?«, schaltete sich eine Signora ein, damit beschäftigt, einen Umschlag zu beschriften.

»Ein Florentiner, heißt es«, gab Annarella Auskunft. »Obwohl ich das, wenn ich ganz ehrlich bin, kaum glauben kann.«

»Vielleicht hat er Verwandte in der Gegend«, überlegte eine Schülerin, die gerade ein Praktikum in der Post absolvierte.

»Es soll für seinen Sohn sein …«, meldete sich eine Männerstimme, die jemandem gehörte, der die Unterhaltung vom Paketraum aus verfolgte, »… wenn ich es richtig verstanden habe…«

»Was will sein Sohn denn hier bei uns und auf dem Land?«, wunderte sich die Signora.

Alle dachten nach.

»Jedenfalls«, sagte Ubaldo schließlich, »das Haus ist verkauft, und wenn ihr mich fragt, Signori, geht uns das alles gar nichts an.« Er wandte sich wieder seinem Zahlschein zu.

»Man möchte aber doch wohl wissen …«, rief die Stimme aus dem Paketraum.

Angels Blick fiel auf die runde Uhr über Annarellas Kopf. »Maremma! Drei vor zehn!« Sie schnappte der Freundin den Brief aus der Hand, den die ihr gerade über den Tresen reichte, warf ihr einen Kuss zu und eilte zum Ausgang.

»Er soll etwas mit Kunst zu tun haben!«, rief Annarella ihr noch nach, während sie über die Piazza lief und gerade noch rechtzeitig den Bus erwischte.

In Roncolla stieg Gianni zu. Unter dem Arm sein geliebtes Hang. Betrübt zeigte er Angel eine Beule im Blech. Er hatte am Abend zuvor auf der Mauer rund um den Borgo von Roncolla gesessen, als ihm das Instrument, auf dem er selig rauchend spielte, aus den Händen glitt und dreieinhalb Meter in die Tiefe stürzte. Die Beule war nicht zu übersehen. Der Klang gestört. Und all das wegen einer Drohne, beschwerte sich

Gianni, die er nicht hatte kommen hören, und die mit einem Mal direkt über ihm erschienen war.

»Du kannst von Glück sagen«, bemerkte er erschüttert, »dass ich noch lebe, so hab ich mich erschrocken. Ich hätte gut und gern selbst runterstürzen können. Eine Frechheit, diese Drohnen. Mit denen sie uns ausspionieren. Wenn das so weitergeht, gibt's keinen freien Raum mehr auf der ganzen Welt.«

Angel war froh, dass Gianni mit dem Schrecken davongekommen war.

»Ja«, sagte er, »aber der Schaden ist beträchtlich. Du ahnst nicht, wie kompliziert es ist, den Klangring auszubeulen. Zum Glück kenne ich jemanden in Colle. Vielleicht kriegt der es hin. Aber das kostet. Wenn ich rausbekomme, wem das Ding gehört …«

Gianni strich zärtlich über sein Instrument. Für ihn gleichbedeutend mit Freiheit. Hatte er Angel wortreich erklärt, als er ihr im Frühjahr dabei half, ein paar Olivenbäume zu beschneiden. Inneres Wachstum. Stärkung der Persönlichkeit. Sensibles Dosieren der Energie … schau mal, hier beschneiden wir und reduzieren, damit der Baum neu ausschlagen kann, dort intensivieren wir die Klänge, nicht durch Schlagen, nein, durch Antippen, Streichen, Anregen, damit unsere Seele sich entfaltet … sodass ein Instrument, das zugegebenermaßen und vielleicht sogar absichtsvoll an eine fliegende Untertasse erinnert, uns mit unseren inneren Schwingungen verbindet, zu Höherem.

Angel hatte ihm von der Leiter aus gelauscht, überrascht von der Emphase seines Vortrags.

»Vielleicht«, bemerkte sie jetzt, »kann ich herausbekommen, woher die Drohne kam.« Gianni lächelte ihr schmerzlich zu und schloss die Augen.

Angel überließ sich dem Blick über das Land und auf San Gimignano, dessen Geschlechtertürme … Scheinriesen,

Manhattan in Miniaturformat … fern, eingebettet in die Hügel, sichtbar wurden, und hing ihren Gedanken nach.

Früher hatte sie sich oft gefragt, ob Leonardo, aus dem toskanischen Dorf Vinci, die Landschaften hinter seinen Porträts wohl frei erfunden haben mochte. Wie geträumt waren sie ihr erschienen. Bühnenprospekte. Gemalte Gegenden. Allegorien.

Aber wenn sie jetzt auf der kurvenreichen Straße von Volterra nach Colle Val d'Elsa unterwegs war, im Hintergrund die Gipfel der Apuanischen Alpen, kam es ihr vor, als seien Leonardos Landschaften doch real. Sie hatte sogar das Gefühl, geradewegs in eines seiner Bilder hineinzufahren. Und hoffte jedes Mal auf den kurzen, zugegeben seltenen Moment, in dem sie selbst zum Teil des Landschaftsbilds mutierte. Stellte sich dieser Moment wirklich einmal ein, befand sie sich von einem Augenblick zum nächsten in einer real erträumten Welt.

Sie betrachtete das selbst Anfang August noch zarte Grün der Linden, das bräunlich gesprenkelte Grün der Steineichen, die im Schattenriss fast schwarzgrünen Zypressen, das satte Grün der Pinien und die unzähligen Grüngelbrotschattierungen der Hügel. Es soll Völker geben, die allein zur Beschreibung von Grün eine ganze Palette von Bezeichnungen besitzen. Wenn man das einmal auf alle Farben hochrechnet … welch ein lebendiges Bild von der Welt. Vom Leben.

»Angel«, verabschiedete sich Gianni, »wo bist du? Sag mir Bescheid wegen der Drohne, ja? Vergiss es nicht.«

Das Haus des Eremo ist schon verkauft, dachte Angel, während sie Gianni hinterher sah. Nur eigenartig, dass jemand aus Florenz es gekauft hat. Gekauft haben soll. Wenn man von dort aus unbedingt aufs Land will, würde sich der Chianti doch viel eher anbieten.

Der Bus rumpelte auf Poggibonsi zu. Eine ganze Generation von Volterranern, ging es Angel durch den Kopf, als sie das Ortseingangsschild passierten, war in den letzten zwanzig Jahren in Poggibonsi auf die Welt gekommen. Im Pass vermerkt. Nichts gegen Poggibonsi, nur weil die Geburtshilfe das erste war, was dem Messer, das die Regionalverwaltung seit Jahren beharrlich an das Volterraner Krankenhaus legte, zum Opfer fiel. Wie viele Demonstrationen … »Verteidigen wir unser Krankenhaus« … an die Angel sich bereits erinnerte. Wie viele Betttücher und Transparente. Darauf in riesigen roten Lettern »Rührt unser Hospital nicht an«. Wie viel Herzblut.

»In was für einer Welt leben wir denn«, war es erst neulich, beim jüngsten Schnitt ins Fleisch des städtischen Gesundheitswesens, aus Tiziana herausgebrochen, »wenn einer, der krank wird, nur noch als Quelle von Profit gilt, nicht mehr als Mensch.«

Der Bus bog vom Raccordo hinunter nach Galluzzo. Ließ die Certosa San Lorenzo hinter sich, ein ehemaliges Kartäuserkloster, in dem Pontormo Zuflucht vor der Pest gefunden hatte. Als Einsiedler, für Jahre abgeschnitten von der Außenwelt, schuf er im Kreuzgang überwältigende Fresken mit Szenen der Passion. Angel erinnerte sich an die Führung durch einen der Brüder, damals, auf der Reise mit Enno und Flora. Sie waren nicht mehr als acht Mönche in der enormen Anlage, hatte er gesagt. Ob sie inzwischen Gesellschaft bekommen haben? Schwer vorstellbar.

Der Fahrer stoppte vor drei Afrikanern, die einem havarierten Fiat Topolino in die Gänge halfen. Nahm die abschüssige Via Senese zur Porta Romana. Umrundete die Skulptur von Pistoletto, die Angel immer mit dem widersprüchlichen Gefühl von stürmischer Statik erfüllte. Lenkte den Bus durch enge, immer enger werdende Gassen. Wich Hunderten von Vespas aus, die pfeilgleich beiderseits an ihm vorbeischossen ... gedankenverlorenen Fußgängern, die die

Straße überraschend kreuzten … Tauben, die nicht vom eben erst entdeckten Brotstück auf dem Asphalt lassen wollten … Hunden, die sich mit Vorliebe aus einem Hinterhalt auf die Tauben stürzten … Kindern, die vor Wut oder Verzweiflung schreiend mitten auf der Fahrbahn stehenblieben … Eltern, die hinzueilten, um sie in Sicherheit zu bringen. Dann war er wegen eines Radfahrers zur Vollbremsung gezwungen, verzichtete aber darauf, sich mit ihm anzulegen. Schickte ihm nur eine eindeutige Geste hinterher. Wartete, dass die Ambulanz endlich die Wagentüren schloss und mit Blaulicht davonfuhr. Bog schließlich in die schmale Einfahrt zur überdachten Endstation neben dem Bahnhof Santa Maria Novella, parkte und stellte erleichtert den Motor ab.

22

»Wissen Sie«, sagte der Archivar, der Angel und Gianluca im Gang vor dem Handzeichnungskabinett der Uffizien in Empfang nahm, »dass es sich bei den Räumen, die wir gleich betreten, um einen Teil des ehemaligen Theaters der Medici handelt? Buontalenti hat als Architekt wirklich Talent bewiesen«, setzte er lobend hinzu. »Und Initiative auch. Fast experimentell, sein Vorgehen. Ganz im Stil der Manieristen. Aber«, bedauerte er gleich darauf, »wie es ja immer ist, nur knapp drei Jahre war das durchzuhalten. Dann musste er seine Illusionsmaschinerie zurückfahren. Unter Lorenzo«, gab er zu bedenken, »wäre das sicherlich anders gelaufen. Aber die Nachfolger. Trotz allem muss ihm wohl ein wahrer Bühnenzauber gelungen sein … fantastische Szenenbilder, herrliche Kostüme, Segelschiffe, feuerspeiende Drachen. Man braucht sich nur die erhaltenen Zeichnungen und Stiche anzuschauen. So, da wären wir.«

Der Archivar öffnete die Tür, »nach Ihnen«, und ließ die Gäste in einen hohen Saal eintreten. Nicht ohne zuvor noch darauf hinzuweisen, dass sie ihren Fuß soeben in das Heiligtum einer der bedeutendsten grafischen Sammlungen der Welt setzten.

»Ich habe eine volle halbe Stunde für Sie Zeit«, informierte er. »Wo fangen wir an? Ich schlage vor mit ein zwei Beispielen aus dem Bestand Pontormo. Andrea«, er winkte einem Praktikanten, »such du mir unterdessen den Rosso heraus.«

Er zog die Schublade eines voluminösen Grafikschranks auf, griff nach der zuoberst liegenden Mappe und trug sie zu einem der in der Mitte des Raums stehenden honigfarbenen Grafiktische. Dann nahm er ein Paar weiße Handschuhe aus der Tasche seines makellosen Blazers, streifte sie über gepflegte Hände und schlug den Deckel auf. Zum Vorschein kam ein Blatt mit einer Fülle von Figuren. Ein Knäuel von Leibern. Die aus der Fläche zu springen schienen. Jedes Detail von Energie durchströmt.

Wie ist das möglich, dachte Angel, dieser Überschwang an Lebendigkeit. Und Leid.

Rechts an der Seite drängten sich übereinander die kleinen Köpfe einer Reihe von Figuren. Im Gegensatz zum mythischen Geflecht ersichtlich ganz normale Leute aus Florenz. Eine erschrockene Alte. Ein Bürger. Ein erstaunter junger Mann. Womöglich Pontormo selbst.

»Hier …« unter dem Bogen, den der Archivar beiseitelegte, wurde ein zweites Blatt sichtbar »… die Studie für den Kopf des hockenden Jünglings aus der *Grablegung* …«

Wie oft hatte Angel sich durch die Touristenmenge über den Ponte Vecchio gedrängt, hinüber nach Oltrarno, zur kleinen Kirche Santa Felicita, nur um ein weiteres Mal dies eine Bild zu sehen.

»Pontormo«, bemerkte der Archivar, »gestattete niemandem einen Blick auf dieses Werk, ehe es fertig war. Selbst seinem Auftraggeber nicht, Capponi. Er hat sich eine hohe Holzverkleidung um die Kapelle ausgebeten. Sich dort eingesperrt und im Geheimen gemalt.«

Welch ein Geheimnis, das er die ganze Zeit mit sich trug, und welch ein Wagnis, dachte Angel. Ob er das Bild vernichtet hätte … oder sich selbst … wenn es nicht das geworden wäre, was es ist, ein Wunder?

Andrea, der Praktikant, kam mit einer hellgrauen Mappe.

»Da ist er ja, der Rosso, um den ging es wohl eigentlich, wenn ich es recht verstanden habe«, bemerkte der Archivar.

»Wir haben exakt einundsechzig Blatt im Bestand. Sechsundfünfzig können wir ihm direkt zuschreiben. Was genau suchen Sie denn?«, wandte er sich an Angel. »Na, macht nichts, wir schauen einfach durch.«

So anders als Pontormo, dachte Angel, fast gewalttätig, wild. Sie beugte sich über die Blätter. Durch manche Studien schien ein Sturm zu ziehen. Da war etwas Getriebenes. Verrücktes. Liebevolles. Tödliches. Ganz und gar frei. Angel stand auf einmal inmitten aller Elemente. Ein Schriftzug tauchte vor ihr auf … »im aufziehenden Schirokko … als mir das Meer die Seele überschwemmte …«

»Ja, das sind Blätter«, sagte der Archivar anerkennend, »hochdramatisch. Sehen Sie sich nur diese Körper an.«

Eine Reihe muskulöser junger Männerkörper in heftiger Bewegung. Der eine, als halte er im Dahinstürzen seinen Kopf fest, damit der ihm nicht vom Hals bricht. Ein anderer, aufrecht, der sich auf eine Lanze stützt und seine ganze Körperspannung einsetzt, mit einem unterdrückten Schrei, da ihm der Kopf davonzufliegen scheint. Ein weiterer, der seinen Oberkörper verbissen gegen einen unsichtbaren Druck anstemmt. Und einer, der in höchster Angespanntheit, fast wie ein Diskuswerfer … konzentriert auf den letzten, alles entscheidenden Wurf … das, was er in den Händen hält, argwöhnisch beschützt, den Blick zur Seite, als fürchte er einen Verfolger.

Gianluca schaute angestrengt auf die Figur. »Was ist das da in seiner Hand?«

Andrea reichte dem Archivar auf dessen Wink hin eine Lupe. Das Liniengestrüpp entpuppte sich ebenfalls als Kopf, der aus dem Knie herauszuwachsen schien. Gleichzeitig ließ es an ein Vogelnest denken. Mit einem Ei, vielleicht auch einem Auge in der Mitte. Unter der Lupe sah man die Zartheit der kräftigen Finger.

Der Archivar zog ein weiteres Blatt hervor. Angel stutzte. Das war doch … Giovanni, der heilige Johannes, den Rücken gebeugt, den Kopf mit dem rötlichen Haar in beide Hände vergraben. Das verweigerte Selbstporträt der *Deposizione*. In Rötel ausgeführt. Mehr als erstaunlich. Und irgendwie erschütternd. Fast zu perfekt für eine Studie. Als habe der Rosso die Figur genauso, wie sie sich hier zeigte, vergrößert und in sein Gemälde übersetzt, in Farbe.

Das Merkwürdigste an dem Blatt aber war das Tier. Eine rundliche Ratte oder ein Biber. Oder ein Stachelwesen, der borstigen Haare wegen. Ja, was ist das eigentlich, das wie ein Kamm von seinem Rücken absteht. Die Stacheln eines Stachelschweins … nein. Dazu ist alles zu dynamisch, rhythmisch, in seiner Krümmung zu bewegt. Erinnert eher an eine langgestreckte Welle. Sieht eher aus wie ein Pinselstachler. Aber wie kommt der aus den malaiischen Mangrovenwäldern nach Florenz. Also doch eine Ratte …

Das eine Augenlid … das Tier ist von der Seite dargestellt … vielleicht ist es auch einäugig … hängt halb herab. Es scheint, als schielte es, den Kopf ganz leicht gedreht, darunter vor. Als duckte es sich. Als beugte es sich etwas oder jemandem. Seltsamerweise trägt es ein Halsband. Im Nacken mit einem Knopf verschlossen. Oder vielleicht mit einem Ring, durch den man eine Leine zieht und so den Hals zu.

Es sieht nicht glücklich aus. Die Vorderpfoten, die in spitzen Krallen auslaufen, sitzen an merkwürdig menschlichen Unterarmen. Wie jemand, der sich klein macht, auf den Boden stützt und lauert, misstrauisch beobachtet, was auf ihn zukommt. Um, falls nötig, entweder die Flucht zu ergreifen oder … besser noch … blitzschnell zuzuschnappen.

Ein beunruhigend zwitterhaftes Wesen, das mich an was könnte es nur sein erinnert, dachte Angel, oder an wen, und graste ihr Gedächtnis ab. Oberhalb der Ohren des Nagers waren mit ein paar Kritzelstrichen zwei Schattenflächen hinschraffiert. Daher erschienen sie auf den ersten Blick überlang. Wie die eines Hasen.

Warum hatte der Rosso dieses fragwürdige Geschöpf in sein vollkommenes Blatt gesetzt? Auch noch mit Sepia oder Tinte. Das Tier muss nach Giovanni entstanden sein. Die Biegung seines Kamms passt sich genau der Falte des Gewands an. Der Rosso muss das Blatt horizontal gedreht haben. Und deshalb weist der Kopf des Wesens, betrachtet man den stehenden Giovanni, nach unten, in den Abgrund. Sein Auge dagegen blickt argwöhnisch verstohlen aus dem Blatt heraus …

»… findest du nicht auch, Angel?«, fragte Gianluca.

Angel, an der das Gespräch zwischen Gianluca und dem Archivar vorbeigerauscht sein musste, nickte automatisch.

»Das haben Sie gut beobachtet«, lobte der Archivar, »im Gegensatz zu den Gemälden zeigt sich hier, in seinen Studien, kein Anflug einer Freundlichkeit, geschweige denn ein Lächeln.«

»Ich spüre sogar etwas durchaus Grausames«, meinte Gianluca.

»Ja«, bestätigte der Archivar, »aber, wie gesagt, allzu viel ist nicht hier. Es hieß immer wieder mal, da habe es noch dies und das gegeben. Alles verschwunden. Darunter auch ein Heft oder ein Skizzenbüchlein, mit Studien zum Christus. Was allerdings nicht belegt ist. Ganz und gar nicht. Wenn Sie mich fragen, ich persönlich halte Vermutungen dieser Art für Hirngespinste.«

In Angel prickelte eine Kälte hoch wie Nadelstiche. Ihr Herz setzte einen Schlag aus. Sie tastete nach ihrer Tasche. Durch das dünne Leder fühlte sie die Konturen des Skizzenbuchs vom Toten aus der Balze.

»Ich …«, begann sie …

»Heilige Muttergottes!«, rief der Archivar, »wir sind schon über der Zeit! Andrea«, wies er den Praktikanten an, »leg die Mappen zurück. Ordentlich. Ich verlass mich auf dich. Ich muss mich leider auf der Stelle von Ihnen verabschieden«, wandte er sich an Angel. »Solch eine herrlich kühle Hand. Sie finden gewiss allein hinaus.« Er drückte leicht Gianlucas Arm und eilte durch den Raum. »Hoffentlich haben Sie gefunden, was Sie suchten«, rief er ihnen über die Schulter zu, ehe sich die Tür hinter ihm schloss.

»Ich …«, sagte Angel …

»Oh«, fiel Luca ihr besorgt ins Wort, »du bist ganz blass. Vielleicht die Luft hier. Lass uns was trinken gehen.«

Andrea hatte den Pontormo schon verpackt. Er war dabei, den Rosso in die Mappe zurückzulegen, als sich von einem der Blätter ein Zettel löste und zu Boden segelte.

»Ich …«, setzte Angel an, während sie sich bückte, ihn aufhob und überflog. Gianluca trat neben sie. »Du kannst zum Niederen, zum Tierischen entarten«, las er laut, »du kannst aber auch zum Höheren, zum Göttlichen wiedergeboren werden, wenn deine Seele es beschließt.«

»Ein wunderbarer Satz«, bemerkte Andrea und nahm Angel den Zettel aus der Hand, um ihn in der Mappe zu verstauen. »Pico della Mirandola. Über die Würde des Menschen. Die Erkenntnis der Gottähnlichkeit der Seele, die das Universum in sich aufnimmt. Und in dieser Erkenntnis die höchste Steigerung des individuellen Selbstbewusstseins.«

Gianluca und Angel staunten.

»Ich studiere Philosophie«, sagte Andrea, fast entschuldigend. »Die Vervollkommnung der menschlichen Natur aus eigener Kraft. Was für ein Denker, Pico. Ich verstehe wirklich gut, dass ein Maler wie der Rosso ihn geschätzt haben muss.«

»Darf ich«, bat Angel, »nochmal einen Blick auf die Zeilen werfen?«

War das die Handschrift des Rosso, fragte sie sich, es sah so aus … vielleicht … oder doch nicht … oder nicht eher …

»Verzeihen Sie, wenn ich dränge, aber gleich kommt eine Gruppe, für die ich …«

Gianluca zog Angel sacht beiseite.

»Wenn Sie nochmal wiederkommen möchten …«, verabschiedete sich Andrea, »… Sie können sich auch direkt an mich wenden«, und gab Gianluca seine Karte.

»Andrea Medici«, las Gianluca, »Universität Florenz, Fakultät Literatur und Philosophie. Ich wusste nicht …«

»Nichts Weltbewegendes«, sagte Andrea, »es gibt tatsächlich noch ein paar von uns, hier und da verstreut.«

Die Seele, die das Universum in sich aufnimmt … die Selbsterlösung des Menschen, ging es Angel durch den Kopf, als sie mit Gianluca die Treppen zum Ausgang nahm.

»Wie wär's«, schlug er vor, »wenn wir zum Boboli gehen und dort im Garten etwas trinken. Da ist es auch nicht ganz so heiß wie hier. Komm, ich nehme dir die Tasche ab.«

»Nicht nötig, danke, geht schon wieder«, sagte Angel und legte die Hand auf das dünne Leder über dem Skizzenbuch.

23

Raffaello Maffei, der Volaterranus, hatte alle Honoratioren der Stadt geladen. Adlige und Patrizier. Kardinäle und Bischöfe. Studierte und Gelehrte. Die Lisci, Guidi, Riccobaldi und Lottini, die Inghirami, Picchinesi, Minucci, Buonfidanza, Incontri, Marchi ... erste Familien, untereinander befreundet oder zerstritten, verwandt oder verschwägert. Maffei hoffte, dass es ihm gelingen werde, über Kleinliches hinwegzusehen, über persönliche Streitigkeiten, über Zwist und Zerwürfnisse. Sein Leben, fühlte er, neigte sich dem Ende. Er wollte sie noch einmal zusammenbringen. Alle. Vor diesem Bild.

In einem Traum, den er wenige Nächte vor dem Ereignis träumte, sah er die Feierlichkeit, wie sie im Dom begann. Andächtig und ehrfurchtsvoll. So, wie er es ersehnt hatte. Er hatte aber nicht wie sonst im Chorgestühl Platz genommen, sondern schwebte schwerelos unter der mächtigen Decke und blickte von hoch oben auf alles herab.

Sah seinen Bruder Mario, den Abt der Badia Camaldolese, und hörte, wie der das Gebet sprach. So wie er, Raffaello, es beim Bischof von Volterra erbeten hatte.

Sah voller Freude und Genugtuung, dass der Dom bis auf den letzten Platz besetzt war. Vorne die Würdenträger im Ornat. Im hinteren Teil des Kirchenschiffs und ringsum stehend die Volterraner.

Die Orgel setzte ein und durchflutete ihn ganz und gar, versetzte ihn in einen verzückten Rausch. Solch ein immenses Gefühl hatte er, ernst und verhalten, wie er war, noch nie erfahren. Er fragte sich, ob er vielleicht schon gestorben und bei den Engeln sei. Die Orgel klang, als blase Gott der Herr selbst in ein Muschelhorn. Als setze sich das Domschiff in Bewegung und mit ihm die Stadt oben auf dem Grat.

Maffei wurde schwindlig. Alles begann sich zu drehen, wurde von einem ekstatischen Wirbel ergriffen. Als das Gebraus der Orgel verstummte und es vor seinen Augen wieder aufklarte, sah er, wie acht Chorknaben vom linken Querschiff aus ein hohes, auf Rollen ruhendes Gestell vor den Altar schoben. Daran gelehnt das Bild, verhüllt von einem golddurchwirkten Stoff, auf dem der Glanz der vielen Kerzen sprühte.

Maffei wurde von einer unsagbaren Freude erfüllt. Er spürte, wie seine Züge sich entspannten. Wie die Last des Strebens von ihm abfiel. Wie eine ungekannte Freiheit seine Seele trug und auf seinen Lippen ein Lächeln formte.

Die Anwesenden erhoben sich. Die Ministranten schwenkten Weihrauchfässer. Der Bischof trat heran. Er schlug das Kreuz. Seine Hand griff nach dem Tuch.

Durch die Stille drang ein Schrei. Maffei schrak hoch, sein Herz raste, er wusste nicht mehr, wo er war.

Vor dem Fenster schimmerte der erste anthrazitblaue Streifen Morgen.

Der Rosso hatte sich ausgebeten, beim Malen nicht gestört zu werden. Man stellte ihm sein Essen vor die Tür, morgens und abends, dazu den Wein. Und eine Batterie von Kerzen. Meist schlief er auch in seinem Atelier. Er hatte wenig Lust, alleine durch die bedrückende Dunkelheit der Gassen zu gehen … wo war die Leichtigkeit der Etrusker hin … oder, schlimmer noch, auf seinem Weg womöglich irgendeinem Gönner oder Neugierigen zu begegnen.

Wenn er nicht malte, las er, trank oder dachte nach. Über Licht und Schatten, Drama und Tragödie. Über Florenz und dass es ihn dort nicht mehr lange halten würde. Über die

Möglichkeit, nach Rom zu gehen und dann von dort aus … wohin, das würde sich erweisen, er wagte kaum, Paris zu denken. Über Gott, absurderweise, wie sich ein Freund ausdrückte, mal angenommen, es gäbe einen. Über die Wirklichkeit, von der der Freund behauptete, sie spräche mit sich selbst, und über die Schlussfolgerung, die dieser daraus ziehen wollte, nämlich aus allem Leben ein Sprechen zu machen. Über den Menschen als magnum miraculum, über Picos Bemerkung, dass wir unter der Bedingung geboren wurden, dass wir das sind, was wir sein wollen, über Battistino … wie lange würde er noch auf seine Liebe setzen können … über Johannes, der sehr oft weinte und dies damit begründete, dass die Brücke zwischen Hölle und Paradies nur mit Tränen überschritten werden könne, über die Volterraner und ihre uralte, von Licht und Schatten durchdrungene Stadt … worüber er wieder zum Anfang kam.

Über die Freiheit, dass der Mensch sein eigener Bildhauer sei und zu der Gestalt werde, die er werden wolle. Über das Bild.

Nachts hörte er manchmal ein Rumoren. Weit weg. Das war nicht der Wind, der über die Piazza dei Priori fegte, unter den Torbögen dröhnte oder sich zwischen die Palazzi drängte. Es klang wie etwas Altes, Abgründiges. Vielleicht war es der Gesang der etruskischen Nevortia, der Unabwendbaren … weder Mann noch Frau, sondern das Schicksal selbst … der sich in den Tiefen der Balze verfing. Manchmal verwandelte sich das Rumoren. Wurde beinahe elegisch. Stieg zwischen Nacht und Morgen wie ein Hauch in den Himmel, an dem sich bereits ganz zart der rötliche Schein der Dämmerung abzeichnete.

Dann legte der Rosso die Pinsel beiseite, löschte die Kerzen, setzte sich auf den Steinboden und lauschte. Mit zunehmendem Dämmerlicht wurden die Töne höher. Zunächst trieben sie von irgendwoher wie kleine Vögel durch die Atmosphäre. Dann ließen sie sich auf dem blaugrauen Erdschattenbogen nieder. Verflochten sich hier und da zu flüchtigen Melodien. Stießen sich ab und tanzten im Orange des Venusgürtels, der sich ganz langsam rosarot verfärbte. Durchflogen eine vage Sehnsucht. Ein kurzer Rausch.

Nevortia, die Schicksalsgöttin, schlug einen Nagel in den Stein. Ein neuer Tag.

Der Rosso war lächelnd auf dem Fußboden eingeschlafen.

Das Bild wurde in aller Stille enthüllt. An seinem Bestimmungsort in der Cappella della Croce di Giorno. Um jeglichen Skandal zu vermeiden.

Mit Hinweis auf seinen fragilen Gesundheitszustand … ein überraschendes *malore* … hatte Raffello Maffei seinen Bruder Mario gebeten, ihn zu entschuldigen und die geplante Feierlichkeit abzusagen. Er wusste nicht, was ihm zugestoßen war. Einen ganzen Tag lang hatte er an Leib und Seele gezittert. Die Lust, die er im Traum empfand, wollte ihn ebenso zerreißen wie der Schrei, durch den er erwacht war. Seine Beherrschung hatte ihn verlassen. Die kontemplative Kühle, die man an ihm bewunderte, zumindest in gewissen Kreisen, an ihm, den das eine Ereignis … die Verschwörung, die Schuld, der grausame Brudertod … einst so aus der Ruhe gebracht hatte, dass er sich schwor, nie mehr an irgendetwas davon zu rühren … diese nüchterne Gelassenheit war hin.

Fieber überflutete ihn in Wogen. In seinen Ohren dröhnten die Heiligen Hymnen für die Schutzheiligen von Volterra, denen er vor Kurzem erst eigenhändig eine neue metrische Gestalt gegeben hatte. In seiner Brust drängten sich all seine Ängste, zerstörten jedes Maß, drückten wie Stein auf seine Seele, fraßen sich durch seine Haut, tranken sein Blut. Kontaminierten sein Gleichgewicht. Er keuchte.

Sein Geschlecht … wie stolz war er darauf gewesen, keins mehr zu haben … schwitzte Flüssigkeiten, er wehrte sich dagegen, es war ihm widerlich, es schmerzte, die Wollust, die ihn überkam, zersetzte seinen Seelenfrieden.

Der Wirbel, der ihn im Traum in ekstatische Höhen entrückt hatte, ergriff ihn wieder, diesmal mit Dämonenhänden. Verzweifelt kämpfte er dagegen an. Der Wirbel wollte ihn mit seiner Wucht zerquetschen, ihm den Willen zerfetzen, ihn in die Hölle zerren. Er wollte nicht. Er hasste sich. Was hatte er verbrochen. Wo war die Freiheit aus seinem Traum geblieben. Er war schon auf dem Weg ins wohlverdiente Paradies gewesen, ein Lächeln hatte ihn getragen, ja, aber nicht dieses, das ihm obszön entgegenschlug. Ihn wahnsinnig machte und ihn in allem, was ihm lieb gewesen war, erschütterte. Das war nicht sein Christus, nicht sein Herr. Das war … Gott steh mir bei …

Gegen Abend ließen die Krämpfe langsam nach. Maffei, zu Tode erschöpft, war halbwegs durch sein Purgatorium gegangen. Er hatte den Kampf schließlich für den Moment mit aller Willenskraft, derer er fähig war, entschieden. Sodass die Gründer der Volterraner Accademia dei Sepolti, die in ihre geistigen Studien vertieften, wenn nicht darin begrabenen Gelehrten, sich später auf seine beispielhafte Moral berufen und sich durch seinen unermüdlichen Glauben nicht nur an die Wissenschaften inspirieren lassen sollten.

Er würde niemandem, selbst Mario nicht, vom Schrei des Bruders, der auch sein eigener gewesen war, erzählen. Von diesem Lächeln. Von seinem Blick in den Abgrund seiner selbst und all dessen, was er ein halbes Jahrhundert lang nicht hatte wissen wollen. Ein Blick, der fast zum Sprung geworden wäre.

Selbst auf dem Sterbebett würde er sein Geheimnis wahren.

Als der Rosso erwachte, war es schon Mittag. Zwölf Mal schlug es vom Dom. Er stand auf und reckte sich. Wie klares Wasser sprudelte unversehens eine Lust durch ihn hindurch. Heute würde er das Bild beenden. Würde Johannes die Hände vors Gesicht schlagen lassen. Noch einmal über das Rot der Locken streichen. Die Lichter in das Petrolgrün des Gewands setzen. Oder Petrolblau. Ach, und noch mit ein paar Pinselstrichen eine zweite Szene malen, hinten, auf dem Hügel. Das war ihm am Vorabend in den Sinn gekommen, als er auf dem Boden hockte und von unten in das Bild hineinsah. Die Szene in der Szene.

Am Nachmittag klopfte der Rosso dreimal von innen gegen die Tür. Der Junge, der beauftragt war, ihm das Nachtessen hinzustellen, öffnete einen Spaltbreit. »Du kannst Maffei sagen, es ist da. Wie abgemacht.«

Kein Publikum, hatte der Rosso sich ausgebeten. Kein Blick ins Atelier. Wochen hatte er sich mit dem Bild dort ein- und die Welt ausgesperrt. Jetzt war es fertig.

Der Rosso säuberte die Pinsel und Paletten. Er summte vor sich hin … mein Mantel … im Wind …

Das Bild ist unbewegt. Das Theater ist bewegt. Das Bild, das Theater sein will, muss alle Sinne ansprechen.

Der Vorhang kann hochgehen.

24

»Fang an«, sagte der rote Mann.

»Tinia«, begann die rohe Tonfigur, »der höchste der etruskischen Götter, wurde der Blitzeschleuderer genannt. Seine Blitze waren das wirkungsvollste aller Götterzeichen. Durch sie bestimmte sich das Schicksal eines jeden … nein, wartet … mehr noch … es konnte sich sogar dadurch entscheiden. Die Herkunft, Richtung, Einschlagstelle eines Blitzes, seine Stärke, vor allem aber seine Farbe …« »Bravo!«, riefen die anderen, »… versorgten den Menschen mit existenziellen Informationen … entscheidenden … Forscher entzifferten einen Katalog an Vorschriften, sehr detailliert, wie jeder Blitz zu erkennen, deuten, einzuordnen war. Sie katalogisierten diesen Katalog dann ihrerseits, legten ihn ab und vergaßen ihn. Nur wenige wissen heute noch davon und können die Zeichen deuten. Für andere sind sie nur Chimären.«

»Schön«, sagte der rote Mann, »das klang doch schon recht gut. Ein paar der Sätze wirst du sicherlich beim nächsten Mal auswendig parat haben.«

Die Tonfigur nickte, ein wenig angestrengt.

»Jetzt ihr«, wandte er sich an die anderen.

Sie zögerten.

»Keine Angst«, sagte der rote Mann, »ihr könnt ruhig erst mal improvisieren.«

»Rötlich …«, versuchte sich eine Stimme.

»… hellorange, Zinnober, blutrot …«, fiel eine andere ein.

»Die gute Seele …«, lachte eine dritte unvermittelt, vielleicht war ihr eine heitere Szene in den Sinn gekommen, und

»*les mauvaises terres à traverser* …«, verfolgte eine andere Stimme eine nächste Richtung.

Immerhin kamen sie allmählich in die Gänge, dachte der rote Mann.

»Die Seele«, davon wollte die dritte Stimme nicht so schnell ablassen, »stellt euch vor, sie stürzte einst aus dem Dritten Himmel herab. Geologen fanden sie und hielten sie für einen Kometen. Sie brachten sie in die Wüsten ihrer Labors.«

»Ein kostbarer Fund.«

»Ein reines Rätsel, wenn ihr mich fragt.«

»Oh, sie war klar wie Kristall.«

»In ihr brachen sich alle. Mit jedem Lichtstrahl, der von außen in sie eindrang und dort hängenblieb, verwandelte sie sich in ein Prisma.«

»Nimm einen Kristall aus dem Feuer«, rief eine bislang ungehörte Stimme dazwischen, »und er ist kalt wie Eis.«

»Ich setze auf das Leben«, erklärte eine andere.

»Du hast ein Leben ausgelöscht, um es in einen Roman zu verwandeln.«

»Um lebendig zu bleiben … oder es zu werden …«

»Gut«, unterbrach der rote Mann den Feuereifer. Sie würden alle gleichzeitig reden und durcheinander, befand er. Zu Anfang jedenfalls. Dann könnten zwei Figuren die Sache an sich ziehen. Worauf der Hund losstürzen und einen der Sprecher umreißen würde. Oder so ähnlich.

»Erzähl mir von dir«, wandte er sich an eine von zwei beinahe identischen Terrakotten, die bislang geschwiegen hatten.

»Es war einmal …«

»… eine Spaltung …«, fiel ihr die andere ins Wort, »… und ich weiß nicht, ob ich dieses Phänomen in mir trage, von Anfang an, oder ob ich es von dir habe, oder ob es sich um ein Zeichen der Zeit handelt.«

»Manchmal kommt es mir so vor …«, meldete sich die erste zurück, »als wäre die Brücke im Hirnstamm entzweigebrochen, vielleicht aber auch nur beschädigt oder von einem Virus befallen. Als hätte ich zwei Hirnhälften, die die Welt auf unterschiedliche Weise lesen.«

»Um hier nur ein Beispiel zu geben«, unterbrach der Rote, »erzähle ich euch vom Gehirn eines Mannes, das sich in einem bestimmten Moment auf Messers Schneide befand. Er hatte das Gefühl, sein Denken würde zertrennt. Er sah, wie sich aus seinen Gedanken Worte formten, wie sie zu Gestalten wurden, die er nicht vorgesehen hatte, zu Taten, die er nicht gewollt hatte, ganz unabhängig von ihm und übermächtig. Alles stieß ihm zu.«

»Als man ihn fand, hatte er die Augen weit geöffnet.«

»Er schaute ins Nichts, ohne zu blinzeln.«

»Aber«, sagten beide Terrakotten wie aus einem Mund, »wahrscheinlich kann man die Geschichte auch andersherum lesen, von der anderen Hirnhälfte aus.«

»Wie wäre es folgendermaßen«, versuchte sich einer der Kopffüßler. »Dem Mann kam es unversehens so vor, als füge sich sein ganzes Denken zusammen, und damit sein Dasein. Er öffnete die Augen weit vor Glück, sah euphorisch, wie sich Worte formten, spürte, wie ihn eine unbändige Energie durchströmte, wie ekstatische Blitze ihn durchzuckten, fühlte sein Herz schlagen, eins mit sich, der ganzen Welt. Dem Universum.«

»Fragmente, die erklären, was einem an Unsagbarem zustößt …«, setzte ein zweiter kaum hörbar hinzu.

»Noch ist es nicht so weit«, mahnte der rote Mann, »Der weitgewölbte Himmel muss sich erst noch in den Farben des Prismas ergießen, über die Hügel, über den Horizont hinaus. Dahinter das Meer.«

»Als man ihn nämlich fand«, sprang ihm eine der noch nicht glasierten Figuren aus dem Hintergrund bei, »da hatte er den Mund halb geöffnet, die Augen halb geschlossen, der Kopf lag leicht nach hinten geneigt, sein Körper wie hingesunken, auf seinen verklärten Lippen spielte ein Lächeln …«

»Von dieser Geschichte gibt es unzählige Versionen. Varianten. Variationen«, bemerkten die Ritter aus dem Gemüsegarten. »Du könntest Bücher damit füllen. Geschichten vom Gehängten. Vom Gekreuzigten. Vom Erstochenen, Geköpften, Erschossenen …«

»… vom Erschlagenen, Zerschmetterten, Überfahrenen …«, bellte der Hund.

»Wie sollen wir das Gleichgewicht halten?«, stammelten die Liebenden.

»Ja«, seufzte der Rote, »es nimmt kein Ende.«

»Aber es gibt Möglichkeiten«, fuhr er nach Kurzem fort, beinahe beherzt, »dann nämlich, wenn die Spaltung aufgehoben wird.« Er blätterte in einem Buch. »Seht ihr, hier haben wir's … wenn die Brücke im Hirnstamm sich nach und nach zu einem überschreitbaren Steg zusammenfügt … wenn im Prozess der Vereinigung beider Gehirnhälften das Virus zerquetscht wird … womöglich durch Intuition oder emotionale Vernunft oder Weitsicht oder gesunden Menschenverstand oder vernünftige Emotion oder nenn es wie du willst … dann … womöglich … vielleicht … so steht zu hoffen … ach … könnten beide Hirnhälften wieder zueinanderfinden … wenn … doch …«

»… es gelang den Geologen nicht, die Seele, die sie für einen Kometen hielten, zu erforschen«, fiel die rohe Tonfigur ein.

»Die unendlichen Varianten ihrer sanften Farben entsprachen nämlich unendlichen Variationen von Stoffen«, äußerte jemand aus dem Hintergrund.

»Und keiner dieser Stoffe ist wirklich erkannt worden.«

»Sie konnten nichts entziffern … «

»Manches schien kostbar …«

»… manches giftig, anderes kryptisch …«

»… weshalb sie es wertlos nannten.«

»In this age of darkness …«

»In diesem Zeitalter der Dunkelheit …«

»… das brauchst du nicht zu übersetzen …«, sagte der Rote.

»… ließen wir uns von dem abbringen, was wahrhaft zählt.«

25

Von den Uffizien aus nahmen sie den Weg über den Ponte alle Grazie und blieben dort stehen, mitten auf der Brücke, über dem Arno, folgten dem Lauf des Flusses, beobachteten, wie sich die Nachmittagssonne in den vom Wind leicht aufgewirbelten Wellen brach. Immer wieder tanzte ein Tropfen, den es ein wenig höher in die Luft riss, für einen Augenblick als winziger Diamant über das Tiefgrün des raschen Wassers. Trotz des absurden Verkehrs, der durch Florenz flutete, war sein Rauschen zu hören.

»Ob«, fragte Angel unvermittelt, über das Brückengeländer gebeugt, »man wohl eine Chance hat, wenn man von hier hinunterfällt?«

Gianluca zog sie ein Stück zurück und beugte sich selbst nach vorn. »Siehst du die Strudel dort? Das liegt bestimmt am Stauwehr von Ognissanti. Bei der Strömung muss man, vermute ich, schon ein guter Schwimmer sein, wenn man heil herauskommen will.«

Angel zog ihn von der Brüstung und warf selbst noch einmal einen kurzen Blick in die Tiefe, von der sie laut überlegte, wie tief sie unterhalb der Wasseroberfläche wohl sein mochte.

»Jetzt, im August, bestimmt nicht so bedeutend«, meinte Gianluca, »im Frühjahr, zur Schneeschmelze, oder während der Regengüsse der letzten Jahre … wenn du dich erinnerst, all die überschwemmten Täler, die verschütteten Straßen, der Teil der Stadtmauer von Volterra, der von jetzt auf gleich ins Nichts gerutscht ist, tausend Jahre lang ohne einen einzigen Riss …«

»… womöglich hat man keinen Riss gesehen«, fiel Angel ein, »weil man nicht richtig hingesehen hat …«

Gianluca fasste sie am Arm »… dann jedenfalls verwandelt sich der Fluss gern in ein Ungeheuer.«

Er zog sie an sich, vielleicht um zu verhindern, dass sie sich noch einmal über das Geländer lehnte. »Wie kommst du drauf, dass man hier runterstürzen könnte?«

»Vielleicht des Namens wegen«, sagte sie, »der Brücke … *la grazia* …«

»Vielleicht besteht ja Hoffnung, eine Art Begnadigung, und man wird im Sturz gerettet«, setzte sie hinzu.

»Tatsächlich war die Madonna delle Grazie«, stieg Gianluca ein, »… und ich glaube, ihr verdankt die Brücke ihren Namen … dafür berühmt, dass sie denen, die sie reinen Herzens um etwas baten … soweit das überhaupt möglich ist, nun gut, das sei einmal dahingestellt … dass sie denen eben ihre Gnade schenkte und ihnen ihren Wunsch erfüllte. Wenn du bedenkst, dass diese Brücke älter ist als der Ponte Vecchio …«

»… dann sollte die Madonna schon ganze Gebirge versetzt haben«, warf Angel ein.

»Die Madonna gewiss, aber nicht von hier«, gab Gianluca zu bedenken. »Soweit ich weiß, heißt die Brücke noch gar nicht lange so. Ich müsste nachschlagen, um herauszufinden, auf der wievielten Version des Bauwerks wir hier eigentlich stehen.«

»Auf der fünften, mindestens«, antwortete eine Stimme in ihrem Rücken.

Angel wandte sich um. Die Stimme gehörte einem schlanken dunkelhaarigen Mann Mitte oder Ende vierzig. »Denn eigentlich stehen wir auf dem Ponte Rubaconte … Rubaconte da Mandello«, fuhr er fort, »… war Mitte des dreizehnten Jahrhunderts für nicht allzu lange, aber bedeutende Zeit Stadtvogt von Florenz. Bemerkenswert, da er kein Einheimischer war, sondern aus Mailand gebürtig. Aber da er das Geld für den Bau beschafft hatte und den Grundstein legte, verzieh man ihm wohl seine Herkunft und taufte die Brücke auf seinen Namen.«

Gianluca lachte. »Bestimmte Realitäten sind an keine Zeit gebunden.«

»Was nun«, pflichtete der Fremde bei, »die Madonna betrifft, delle Grazie, so wird ihre Kraft hier auf dieser Brücke erst seit einigen Jahrzehnten wirksam. Nach deren Wiederaufbau in der heutigen und … zugegeben … nicht sehr reizvollen …«

»… das halte ich für untertrieben«, fiel Gianluca ihm ins Wort.

» … nun gut, eher hässlichen Gestalt. Ich gehe aber dennoch gern über diese Brücke«, erklärte der Fremde, »des Namens wegen. Ponte alle Grazie, das hat für mich fast etwas Abergläubisches. Die Madonna delle Grazie …«

»… erfüllte Wünsche«, sagte Angel.

»Erfüllt sie noch«, ergänzte Gianluca, »sofern sie aus reinem Herzen kommen, soweit das …«

»Eben«, nickte der Fremde. »Doch trösten wir uns damit, dass es nichts Verborgenes gibt, das nicht offenbar wird, und nichts Geheimes, das nicht an den Tag kommt.«

Im nächsten Moment brach eine Art Wirbelsturm los. Fußgänger flüchteten auf die Fahrbahn, eine Katze kreischte, Staub stob auf. Gianluca sprang im letzten Augenblick zur Seite. Der Fremde griff nach Angel, die nahe daran war, das Gleichgewicht zu verlieren.

Ein hochgewachsener Junge jagte, von der Via dei Benci kommend, auf einem Scooter über den Gehweg. Er schien sich einen Spaß daraus zu machen, alles, was ihm in den Weg kam, durcheinander zu wirbeln und aus der Fassung zu bringen. Geschrei und Schimpfworte folgten ihm, als er über die

Brücke raste, um die Kurve schleuderte und den Lungarno Torrigiani entlangfegte, wo die Autos aufgebracht hinter ihm her hupten.

Als Angel, die sich einmal um die eigene Achse gedreht hatte, verwirrt aufschaute, sah sie ihn in der Ferne in die enge Via de' Bardi biegen. Ein letzter Lichtblitz fiel auf rötliche Locken, dann hatte ihn die dunkle Gasse verschluckt.

Angel bemerkte, dass der Aufruhr ihr die Tasche entrissen hatte. Der Inhalt lag über dem Pflaster verstreut. Sie bückte sich und sammelte ihre Siebensachen ein.

In das Skizzenbuch des Toten aus der Balze versunken, lehnte der Fremde an der Brüstung. Langsam blätterte er Seite für Seite um, die Brille in die Stirn geschoben. Angel beobachtete ihn. Seine dunklen Augen, die strenge Falte zwischen ihnen, die sich vertiefte, je länger er das Buch studierte, die gebräunten Finger, mit denen er Zeichen in die Luft malte, die er aus den Figuren, die er so konzentriert mit seinem Blick abfuhr, herauszufiltern und durch diese Gesten irgendwo abzuspeichern schien.

Sichtlich erschüttert drehte er sich schließlich um, tat einen Schritt auf sie zu und drückte ihr das Büchlein in die Hand.

»Hätte ich diese Skizzen eher gesehen, dann hätte ich eine bestimmte Szene womöglich anders gedacht«, sagte er, »oder anders gedreht … zumindest einen entscheidenden Teil von ihr.«

Er lächelte. Beinahe ironisch, wie ihr schien. »Der Christus des Rosso Fiorentino. Kopien der Skizzen. Echt wie Originale. Ein wahrer Schatz.«

Er schaute Angel in die Augen. Ihr war unbehaglich zumute, doch sie hielt seinem Blick stand. Wortlos verstaute sie das Skizzenbuch wieder in der Tasche.

»Sie machen Filme?«, fragte sie.

»Im wesentlichen naturalistische«, nickte der Fremde. »Kinofilme.«

»Oh«, mischte sich Gianluca ein, »dann haben wir als Kinofans … nicht, Angel? … bestimmt schon einen Ihrer Filme gesehen, wenn nicht gar mehrere, Signor …«

»Mag sein«, erwiderte der Fremde, »aber mein Kino ist Programm. Nicht so leicht daher, einen meiner Filme in den sogenannten normalen Häusern zu sehen«

»Verstehe«, murmelte Gianluca, der keine Ahnung hatte, was sein Gegenüber damit sagen wollte.

»Wir waren gerade auf dem Weg zum Boboli. Falls Sie die gleiche Richtung nehmen, könnten wir ein Stück zusammen gehen«, schlug Angel vor.

»Auf jeden Fall können wir die Brücke miteinander überqueren«, sagte der Fremde. »Ich biege gleich danach ab.«

»Ich möchte doch …«, hakte Gianluca ein, aus Gewohnheit, so lange nachzufragen, bis er eine Antwort erhielt oder etwas, das ansatzweise als eine solche gelten konnte, »… nochmal auf Ihre Filme zurückkommen. Naturalistisch … Programm … das klingt, verzeihen Sie, recht intellektuell und gar nicht sinnlich. Zumindest so, wie ich mir eben keinen Film vorstelle.« Und keinen Regisseur, wollte er noch hinzufügen, ließ es dann aber bleiben.

Die drei setzten sich langsam in Bewegung.

»Mag sein. Aber es geht mir um die Wirklichkeit selbst. Um eine Art Sprache der Wirklichkeit, das heißt um die Sprache der Welt, die doch im Grunde genommen ein Schauspiel ist. Wie wir es gerade in jener kurzen Szene am eigenen Leib erfahren konnten«, erklärte der Fremde. »Nehmen wir den Jungen auf dem Scooter. Hätte ich die Absicht, einen Film zu drehen mit einem Jungen auf einem Scooter, dann würde ich bestimmt keinen Schauspieler engagieren, der mir das spielt, sondern nach dem Jungen suchen, der uns da gerade beinahe überfahren hätte, und ihn sich selber spielen lassen … sich selber ausdrücken, um genau zu sein.«

Die Wirklichkeit mit der Wirklichkeit ausdrücken … um sich in der Realität zu verankern, dachte Angel. Und als hätte er ihre Gedanken erraten, die doch eigentlich die ihres Freundes, des Malers waren, fuhr er fort: »Die Wirklichkeit spricht mit sich selbst, ja, darum geht es mir, in einem Zusammenhang … immer ein und demselben … wo Offenbarung und Verstehen, Frage und Antwort sich überschneiden. Oder, um es prosaischer auszudrücken«, setzte er mit einem Seitenblick auf Angel hinzu, »wo Sender und Empfänger identisch werden. Oder ebenbildlich. Ein delikates Spiel. Im Übrigen nicht ganz ungefährlich … So, hier biege ich ab.«

Hin und wieder, hatte ihr der Maler mehrmals zu verstehen gegeben, kann es auch vorkommen, dass sich die Wirklichkeit so mit dem Traum vermischt, dass man beides kaum noch voneinander unterscheiden kann.

»Ja«, lächelte der Fremde fast aufreizend und hob zum Abschied grüßend die Hand, »manchmal gelingt es unserem Gehirn, die Grenzen unseres Körpers zu überschreiten. Die Wirklichkeit ist eben wundersam.«

Wir sehen uns sicher einmal wieder, wollte Angel ihm noch nachrufen, aber da war er schon in der Menge verschwunden.

26

Gianluca hatte das Verdeck seines roten Fiat 500 aufgeklappt und Angel war, als würden sie die Hügel durchfliegen. Sie lachten und fühlten sich beinahe wie D'Annunzios Isabella Inghirami und Paolo Tarsis, der Flieger … oder wie Sandra und Andrew, die Protagonisten von Viscontis Film nach D'Annunzios Buch und den alten Griechen, auf dem Weg in das winddurchfegte Volterra, wo bereits sämtliche Gespenster auf sie warteten, die Sandra zu vergessen gehofft hatte. Vielleicht hatte sie auch nur gehofft, die Zeit habe sie unschädlich gemacht, sie in einen ihrer sinisteren Abgründe zurückkehren lassen.

Als sie den Hügel San Martino umrundeten und die letzte Steigung zur Stadt hinauf nahmen, dämmerte es bereits. Am Horizont schimmerte das Meer in der letzten Sonne und sandte rötliche Sprenkel in den dunkler werdenden Himmel. Einzelne Sterne funkelten auf. Der Mond ließ noch auf sich warten. Blaue Schatten kletterten aus den Tälern und vermischten sich mit dem Violett, das sich über das Land senkte. Durch den warmen Wind flossen zaghaft die ersten Ströme kühlerer Luft. Während sie so dahinflogen, erzählte Gianluca, dass in seiner Jugend noch in allen Bars der Stadt Fotografien von Claudia Cardinale hingen, Viscontis Sandra. Und dass er als Junge zum Montenero hinaufgefahren war, mit ein paar Freunden. Wie die Heringe zusammengequetscht auf einer klapprigen Vespa hatten sie die Schlaglöcher auf dem Schotterweg zur Villa di Ulignano umkurvt, um vielleicht einen Blick auf die Cardinale zu erhaschen … vielleicht sogar am Swimmingpool …

Angel versetzte ihm einen Stoß in die Rippen. »Kleine Paparazzi.«

»Du glaubst nicht«, verteidigte sich Gianluca, »was ihre Gegenwart für uns bedeutet hat. Und für Volterra. Auf einmal fühlten sich alle hier lebendig. Frag mal die Alten. Sie reden heute noch davon. Die Dreharbeiten müssen ein Traum gewesen sein. Die ganze Stadt war damals auf den Beinen, nur um sie zu sehen. Und als sie dann noch die Villa gekauft haben, sie und der Produzent Cristaldi, von den Inghirami übrigens, da war Volterra ein paar Jahre lang beinahe mondän.«

Schwungvoll nahm er drei Haarnadelkurven. »Das Auto beim Dreh, das hättest du sehen sollen. Viscontis weißes BMW Cabrio, mit roten Ledersitzen … du wirst es nicht glauben, aber es gab sogar Jungs, die überlegten schwer, ob sie sich für den Schlitten entscheiden sollten oder für die Cardinale …« Lachend schüttelte er den Kopf. »Als der Film ins Kino kam«, setzte er nach der nächsten Kurve hinzu, »da waren sie allerdings erschrocken. Verglichen mit den Abgründen, die sich dort auftun, sind die der Balze fast noch harmlos.« Er gab Gas und jagte auf die Stadtmauer zu.

»Vaghe stelle dell'Orsa …«, ging es Angel durch den Kopf, »welch einen geheimnisvollen Titel sich Visconti da ausgedacht hatte.«

Und als hätte Gianluca ihre Gedanken erraten, zitierte er: »Ferne Sterne des Großen Bären … ich hoffte nicht, nochmals zurückzukehren, um euch zu betrachten … hoch über meines Vaters Garten funkelnd. Nicht ausgedacht, nein, Leopardi.« Er lachte. »Isabella … Sandra … Angela … ich halte eure Leben in meinen Händen wie dieses Steuerrad hier! Kann euch hier und dahin lenken, wie ich will!«, deklamierte er ausgelassen und schlingerte an der Fortezza längs, ins Tal hinab. »Oh, besessener D'Annunzio!«

»Wärst du, geliebter Tarsis, wirklich fähig, das Leben für eine hirnverbrannte Idee von Herrschaft aufs Spiel zu setzen?«, spottete Angel.

»Vielleicht …«, rief Gianluca, »vielleicht auch nicht!«

»Ein bisschen durcheinander, unsere Texte, wie der Autor«. Angel hatte D'Annunzios Buch vor Jahren nach etwa sechzig Seiten zugeklappt. Und sich den Rest gedacht.

»Ist Volterra eigentlich je ein Ort für eine Komödie gewesen?«, wollte sie wissen, als sie schließlich über die Schotterstraße holperten.

»Für die des Lebens, wenn du das meinst, jeden Tag«, erwiderte Gianluca, »da brauchst du nur einmal über die Piazza zu gehen. Aber das Kino entdeckt bei uns scheinbar nur Dramen, Spukgeschichten oder Tragödien. Und dabei waren die Etrusker doch so heiter … heißt es nicht so?«

»So wie du, Luca«, dachte Angel und betrachtete ihn von der Seite, »zumindest nach außen hin. Was aber in dir … in euch Etruskern … verborgen ist … ob ich das jemals herausbekomme? Ob ich das wirklich wissen will?«

Unvermittelt ließ Gianluca das Steuerrad los, zog sie an sich und küsste sie. Kurz bevor der Wagen im Graben landete, lenkte er ihn mit einem Ruck auf die Spur zurück. Es staubte. »Sie blickten dem Tod ins Auge, aber sie fürchteten sich nicht!« Die erste Fledermaus glitt über sie hinweg. Jagte hinter ein paar Mücken her.

»Von Vampiren umgeben. Im täglichen Leben«, freute er sich und trat gleich darauf unvermittelt auf die Bremse. Auf dem Feldweg vor dem Haus stürmte ihnen der Hund entgegen.

»Ja«, sagte Angel, »er wohnt jetzt bei mir. Hatte ich dir noch gar nicht erzählt. Und«, wunderte sie sich, »er war drinnen, als ich ging. Aber er scheint die Gabe zu besitzen, Türen zu öffnen.«

Der Hund schnupperte an Gianlucas Waden, als der aus dem Wagen stieg, verzichtete darauf, ihn anzubellen, ließ sich hinter den Ohren kraulen und wollte schon in den Schatten des Lorbeerbuschs tauchen, als ihm von dort ein ärgerliches Fauchen entgegenschlug.

»Er muss sich noch an ihn gewöhnen«, entschuldigte Angel den Kater. Dessen Augen leuchteten warnend unter dem Busch, seinem Lieblingsplatz, hervor.

»Jetzt könntest du dir«, überlegte Gianluca, »noch ein paar Hühner anschaffen. Bei solch einem Wachhund hat der Fuchs nichts mehr zu lachen. Und wir würden morgen früh frische Eier aus dem Nest holen. Kaninchen wären aber auch nicht schlecht«, spann er weiter, ließ sich in einen Korbsessel fallen und beobachtete, wie ein Stern nach dem anderen am Himmel aufging.

»Tante Loredana«, rief er Angel zu, die mit einer Flasche Weißwein, eiskalt, und zwei Gläsern aus der Küche erschien, »besaß vor Zeiten mal an die hundert Kaninchen … nein, wirklich, ich übertreibe nicht … freilaufend. Fast. Ein riesiges Gehege. Die waren ihr so lieb … für jedes einzelne hatte sie auch schon ein Rezept parat. Kaninchen in Orange, pikant mit Knoblauch und Peperoncino, gebacken in Mandelhülle, eingelegt in Aspik. Frohes Leben, rascher Tod, kulinarischer Genuss …« Angel warf ihm eine Tüte Nüsse zu »… leider für den Falschen. Eines Nachts kam der Fuchs. Er hat sich einen Tunnel gegraben, unter dem Maschendraht hindurch. Ein Massaker.«

Sie drückte ihm Flasche und Korkenzieher in die Hand, »Hühner vielleicht … vielleicht auch nicht. Aber kein einziges Kaninchen«, zog einen kleinen Tisch heran, stellte die Gläser darauf ab und bemerkte dabei aus dem Augenwinkel, dass das Fenster der Werkstatt halb offen stand. Vermutlich hatte sie morgens in der Eile des Aufbruchs übersehen, es zu schließen.

Während Gianluca sich verträumt bei weiteren Rezepten aufhielt … in Grappa gedämpft, mit Kräutern und Karotten gefüllt, in Rosmarin geröstet … wenn nur der Fuchs nicht gewesen wäre … ging sie zur Werkstatt hinüber.

Als sie in dem dämmrigen Raum auf das Fenster zulief, trat sie beinahe auf eine Postkarte. Sie bückte sich. Rossos *Deposizione di Sansepolcro*. Sie hielt sie ins letzte Licht. Zweifellos inspiriert vom Volterraner Gemälde. Der fast orgiastisch hingeflossene Körper des Christus quer in der Fläche. Ein halber Wirbel von Körpern und Tuch auf der Leiter links. Ein Knäuel bewegter Figuren. Am rechten Bildrand ein roter Lockenkopf, gebeugt, die Hände vorm Gesicht. Die hinsinkende Maria, leicht geöffneter Mund, die mit den Fingern ihrer linken Hand sanft über die roten Locken streicht. Und über ihr, grausig, wild, eine Gestalt mit Speer und Schild, ein Affengesicht, das … während ihm ein Sturm, der es umwirbelt, das Haar vom Kopf zu reißen scheint … den Betrachter aus zwei kreisrunden vorgewölbten Augen scharf fixiert, die Zähne wie gebleckt.

Angel schloss das Fenster und stellte die Karte beim Hinausgehen an ihren Platz auf dem Regal neben der Tür zurück.

Von seinem Posten unter dem Busch aus beobachtete der Kater, wie Angel die Werkstatt verließ. Ja, dachte er, er hatte sich also doch nicht getäuscht, man ging durch die Tür. Normalerweise. Der kleine Mann oder das Kind oder dies wer weiß was für ein Wesen, das kurz vor der Dämmerung aufgetaucht war, hatte jedoch den Weg durch das Fenster genommen. Vielleicht, weil es nur angelehnt war. Vielleicht war das bequem. Für ihn selbst, den Kater, allemal. Ihn hatte die Sache nur erstaunt, da Angel … er nannte sie so, weil alle sie so nannten … nicht zu Hause war und der oder das darüber froh zu sein schien.

Er war daher auf die Fensterbank gesprungen, um das Ganze unter Kontrolle zu halten. Der Kleine hatte die Werkstatt durchsucht, in jeden Winkel geschaut. Unter das Regal. Alles genau inspiziert. Wer weiß, wonach er suchte. Dann war er auf den Arbeitstisch geklettert. Vielmehr gesprungen. Ganz flink. Was ihn, den Kater, wirklich überraschte. Und zugleich beunruhigte. Wenn da etwas zu Bruch ginge. Das fiele garantiert auf ihn zurück. Im Übrigen schien er aber nichts gefunden zu haben. Der Kater verfolgte, wie er nach einer bunten Karte griff, die im Regal vor ein paar Katalogen lehnte, ein Stück Rötel hervorkramte und etwas auf die Rückseite malte. Oder kritzelte. So genau konnte er es nicht sehen. Dann musste er sich schon mit einem gewagten Sprung in Deckung bringen, weil der Kleine beschlossen hatte, die Werkstatt wieder durch das Fenster zu verlassen. Hatte gerade noch gesehen, wie er zur Haustür lief und auf die Klinke drückte oder sprang, eher sprang, tatsächlich, da hörte er auch schon das Auto kommen. Drehte kurz den Kopf. Und sah nur einen Moment darauf den Hund, der aus dem Haus in Richtung Feldweg stürzte. Den hatte er ja fast vergessen. Vom Kleinen keine Spur mehr, außer einem kaum vernehmbaren Keuchen, das seinen aufmerksamen Ohren aber nicht entging und in der Ferne, auf dem Acker, innehielt.

Was es nicht alles gibt, hatte er noch gedacht, ehe er es sich wieder unter seinem Busch bequem machte.

Während Gianluca den Wein in die Gläser goss, erschien der Mond. Angel löschte das Küchenlicht und setzte sich an Gianlucas Seite in die Dunkelheit, die von der Erde hochstieg.

»Wie schnell sich unsere Augen an die Nacht gewöhnen«, sagte sie.

Weit hinten auf der Anhöhe des Ackers leuchteten zwei feurige Punkte auf.

»Da ist er schon, der Fuchs«, bemerkte Gianluca.

Der Hund, der sich unter die Bank verzogen hatte, gab keinen Laut von sich.

»Du bist also doch kein Wachhund«, konstatierte Angel, zu ihm gewandt.

Aber wie hätte er es ihr erklären können.

27

Bertuccione stand lange reglos auf dem Acker und blickte zum Haus hinüber. Ein Licht blitzte auf. Dann wurde es dunkel. Kurz darauf zündeten sie eine Kerze an. Sie blieben endlos draußen sitzen. Ihm blieb nichts, als zu warten. Er hatte nicht die Zeit gehabt, sich nach einer Hintertür umzusehen. Wenn das, was er suchte, nicht in der Werkstatt war, musste es im Haus sein. Er würde es finden. Er hatte es versprochen. Er sprang zur Anhöhe hoch und ließ sich dort auf einer großen Scholle nieder. Von hier aus würde er sie im Auge behalten. Und wenn er bis zum Morgen dort sitzen müsste. Es machte ihm nichts aus. Er schaute in die Sterne. Ein Blick in die Vergangenheit. Ein paar hundert, ein paar tausend Jahre, so lange, heißt es, sei das Licht der Sterne unterwegs, bis es am Nachthimmel sichtbar wird. Zeit kann übersetzt werden. Manches stirbt. Anderes überdauert. Er hatte das Labyrinth betreten. Die Reise unternommen. Er hatte keine Angst. Er würde schon wieder herausfinden.

Die Kerze drüben flackerte. Der Wind trug Wortfetzen zu ihm herüber. Leises Lachen.

Er hörte Tiere scharren, schnaufen. Frösche quaken. Den Schrei der Eule. Ihren Flügelschlag. Spürte den Luftzug der Fledermäuse. Ihr Echo. Die Schatten kleiner Nager huschten vorbei. Ein Fuchs stand unversehens vor ihm und erschrak. Bertuccione war betrübt. Selbst im Dunkeln jagte seine Gestalt Schrecken ein. Selbst Jägern.

Wie stolz war er gewesen, als der Rosso ihn malte. Bertuccio, ohne dich wird das Bild nicht so, wie ich es mir vorstelle. Wörtlich hatte er's gesagt. Und wie ruhig hatte er ihm Modell gestanden. Wie ausgelassen war er dann für ihn geklettert, gesprungen, damit der Maler seinen Körper, seine Bewegungen und Gesten studieren konnte. Mutig. Übermütig. So wollte er gesehen werden. Doch niemanden erschrecken durch seine wilde Gestalt, bewahre.

Wie hatten sie beide, Battistino und er, während der Rosso malte, über all ihre Streiche gelacht. Mehr als einmal kam die Sache mit den Klosterbrüdern aufs Tapet. Wie er über die hohe Mauer geklettert und mit einem riesigen Satz in den Klostergarten hinabgesprungen war, im Borgo de' Tintori. Um für den Rosso büschelweise Trauben zu klauen, die köstlichen Sancolombana. Unter deren Last die Pergola der knauserigen Brüder fast zusammenbrach. Dass sie's dann wirklich tat, war nicht nur seine Schuld gewesen. War nicht ein Bruder schreiend auf ihn zugestürmt, mit einem schweren Knüppel, um ihn grün und blau zu schlagen? Wie anders konnte er sich retten … vielleicht sogar vorm Tod … als die Pergola zum Einsturz zu bringen. Er war mit voller Wucht darauf herumgetobt. Hatte den kreischenden Bruder unter einer Flut der schönsten Trauben begraben, dann rasch zusammengeklaubt, was er zwischen den Zähnen tragen konnte, und war mit den herrlichsten Sprüngen entflohen.

Sie hatten sich halbtot gelacht. Das war den Ärger wert, der folgte. Der Rosso konnte ihn vorm Auspeitschen bewahren. Aber er musste wochenlang eine Eisenkugel mit sich schleppen, gegen seine Sprünge … er war daran gekettet oder sie an ihn … ein Schwergewicht an seinem Hintern, gegen Höhenflüge. Der Schlüssel steckte tief in der Kutte des Bruders.

Die Schmach konnte und wollte er nicht auf sich sitzen lassen. Eines Nachts hatte er es trotz der Kugel auf das Klosterdach geschafft, genau über die Zelle des bösen Bruders. Dann hatte er es ihm gegeben. Hatte laut kreischend jeden einzelnen Ziegel zertrümmert mit dem Gewicht. Der Bruder musste gedacht haben, der Teufel höchstpersönlich spiele ihm so übel mit. Er hatte sich vor lauter Angst unter seiner Pritsche verkrochen und zitternd gebetet, mit geschlossenen Augen, als er, Bertuccione, ihm nach getanem Werk den Schlüssel aus der Kutte zog, sich von der eisernen Last befreite und davonsprang.

Aus dem Kloster kam keine einzige Beschwerde mehr.

Siehst du, wie wild du bist, hatte der Rosso gesagt. Mehr als ein Mal.

Zu guter Letzt hatte er, Bertuccione, es als Kompliment genommen. Wild, grausig. So blickt er jetzt aus Rossos Bild, der *Deposizione di Sansepolcro*, und der Nachwelt ins Auge. Als Schreckgestalt.

Nimm es nicht schwer, Bertuccio, ja, so werden es die Leute sicher lesen, hatte der Rosso nachdenklich gelächelt. Es ist nur eine Übersetzung. Mir geht es einzig und allein um dich und dass die Welt dich kennt. Um deinen Mut. Das soll gemalt sein.

Er hatte, wenn er ehrlich war, anders in die Geschichte eingehen wollen. Wenn überhaupt. Aber er würde alles für den Rosso tun.

Das erste Morgenrot zeichnete sich schwach am Horizont ab. Beim Haus flackerte immer noch ein Licht. Saßen sie immer noch dort? Hatten sie vergessen, die Kerze zu löschen? Bertuccione lauschte. Alles still. Nur eine Ringeltaube gurrte.

Im Schutz der Schatten stahl er sich geräuschlos heran. Schlich an der Hecke entlang und spähte in den Garten. Nur der Hund schaute unter der Bank hervor und blinzelte. Er huschte an ihm vorbei, zum Haus.

Das Küchenfenster stand weit offen, doch im Rahmen klemmte ein Fliegengitter. Er zögerte. Lautlos drückte er die Türklinke herab. Die Tür war nicht verschlossen.

Im Erdgeschoss kannte er sich schon aus. Sein im fahlen Licht geschärfter Blick wanderte durch Küche und Wohnraum. Glitt über Tische, Stühle, Sessel und Regale. Leise öffnete er die Schränke. Schaute in die Vorratskammer. Auf der Treppe, die ihn nach oben führte, horchte er. Nichts. Nur ruhige Atemzüge. Rasch, gründlich durchsuchte er das Arbeitszimmer. Den angrenzenden kleinen Salon. Ließ selbst das Bad nicht aus.

Dann wagte er sich zu ihnen hinein. Ihre Kleider lagen am Boden verstreut. Sie selbst umschlungen auf dem Bett. Fest schlafend. An einem Stuhl neben dem Fenster hing eine kleine Tasche. Auf Zehenspitzen schlich er näher, streckte die Hand aus. Behutsam ließ er seine Finger über das dünne helle Leder gleiten. Er fühlte es. Sein Herz schlug vor Aufregung und Glück. Er hatte es gefunden. Sie hatten ihn nicht umsonst geschickt. Er zog die Tasche auf und griff hinein.

Es war schon nach Mitternacht, als Angel und Gianluca … so mit einander beschäftigt, dass sie nicht einmal die Kerze löschten … im Haus verschwanden. Der Kater erwachte durch Geräusche, die aus dem oberen Stockwerk drangen, gähnte, streckte sich und beschloss, da er nun schon einmal munter war, eine Runde zu drehen.

Er lief den Feldweg hinauf und streifte zwischen den Olivenbäumen umher. Auf einer Lichtung erblickte er den kolossalen Schatten eines Wildschweins und machte sicherheitshalber einen Umweg, der ihn zur Senke zwischen zwei hügelartigen Bodenwellen führte. Im Graben unterhalb der langgestreckten wüsten Brombeerhecke stand, durch das Gestrüpp geschützt, noch immer etwas Wasser. Er hatte keine Lust, sich die Pfoten nass zu machen, und trabte neben der Hecke her, bis er über eine Reihe von Feldsteinen wohlbehalten ans andere Ufer kam. Dort stromerte er umher, genoss die milde dunkle Luft und bog erst wieder um die Gartenhecke, als bereits ein zartes Morgenrot am Horizont erschien.

Gerade wollte er sich unter seinem Lorbeer ausstrecken, als ihn ein Schlag durchfuhr. Schon wieder. Das gab's doch gar nicht. Dem Kater blieb das Fauchen in der Kehle stecken, als er sah, wie er oder es oder ach was, egal, im Haus verschwand. Durch die Tür. Geht also doch, dachte er, sprang voller Neugier hinterher und schlüpfte durch den Spalt, der sich gerade schließen wollte, ins Haus hinein. Nahm lautlos die Treppe nach oben und beobachtete von der Schlafzimmertür aus, wie sich die Hand des was auch immer langsam in eine Tasche senkte, die von der Stuhllehne baumelte. Was wollte der denn da. Was war denn da bloß drin.

Der Kater tat einen unbedachten Schritt. Klirrend zerschellte das Weinglas, das unsichtbar am Boden stand, auf den Steinfliesen.

Mit einem Schrei fuhr Angel auf. Erschreckt machte der Kater einen Satz auf den Stuhl zu. Der stürzte um. Ein Schatten floh Hals über Kopf aus dem Raum. »Was zum Teufel …«, murmelte Gianluca. Unten klappte leise eine Tür.

Angel schaltete die Nachttischlampe an und erblickte den Kater, trug ihn die Treppe hinunter und setzte ihn entschieden vor die Tür. Die sie vorsichtshalber von innen abschloss.

Gianluca schlief schon wieder fest und atmete tief, als sie zurückkam. Geräuschlos richtete sie den Stuhl auf. Ihr Blick fiel auf die Tasche, die am Boden lag, geöffnet. Eine Ecke des Skizzenbuchs schaute aus ihr heraus. Sie zog es ganz hervor und bemerkte auf dem Umschlag Abdrücke von Fingern, rundlich und klein wie von einer Kinderhand. Ihr Herz begann zu klopfen.

Bertuccione stand im Schatten der Hecke und hörte, wie sich der Schlüssel im Schloss drehte. Das Herz wurde ihm schwer.

Warum hatte er das Buch, das doch schon fast in seiner Hand lag, losgelassen? Warum war er davongestürzt … vor Schreck … vor einem kleinen Kater? So wild war er also. Er musste einen Augenblick geträumt haben. Eine halbe Ewigkeit hatte es ihn schon umgetrieben auf der Suche nach dem Buch. Und so viele Jahre davon nach dem Mann, der das Skizzenbuch des Rosso … sein Herzstück … mit seinem eigenen verwechselt hatte. Und nicht nur das. Zuletzt sich selbst mit ihm. Erst im Tod hatte er sich schließlich finden lassen. Alles begann gerade, ins Lot zu kommen. Und nun das. Und überhaupt … was hatte diese Frau damit zu tun?

Mit offenen Augen lag Angel auf dem Bett und beobachtete, wie es langsam Morgen wurde. Während sich die Schatten draußen hoben, stieg etwas Dunkles, Ahnungsvolles in ihr auf. Sie kämpfte dagegen an. Es sollte sich nicht ausbreiten. Aber sie hatte die Hand auf etwas gelegt, das ihr nicht gehörte. Ihr Herz an etwas gehängt, das sie sich kaum erklären konnte.

Besser nicht zu viel darüber nachdenken, im Prozess, hatte ihr Freund, der Maler, gesagt, sonst wird man womöglich abgelenkt. Wo man doch gerade auf der Spur ist. Es darf keinen Abstand geben zwischen der Spitze der Nadel, mit der man allen Zeichen folgt, sie in den Grund ritzt, sie zeichnet oder nachzieht, und der Pupille, mit dem man diesen Vorgang begleitet. Ihn auf die Netzhaut bannt.

Wie eine Mahnung hatte es geklungen.

Merk dir, nur so verschwinden die gewohnten Perspektiven und machen etwas Neuem Platz.

Sie hatte sich daran gehalten. Doch jetzt, das spürte sie, war etwas auf die Szene getreten, das eine andere Wirklichkeit darstellte. Die Wahrnehmung befragte. Die Sichtweise. Wahrscheinlich gar die Zeit.

Es gibt Lieben, die wie Geschwüre wachsen, ging es ihr durch den Kopf, während ihre Gedanken durch die vergangenen Wochen mäanderten. Wir hängen an ihnen wie ein Wimperntierchen an einem Süßwasserfisch.

Neben ihr regte sich Gianluca. Ein Lichtstrahl kitzelte seine Nase, streifte seine Locken. Er öffnete die Augen. »Was habe ich für einen sonderbaren Traum geträumt …«

28

»18 Uhr. Istante. Nicht vergessen«, las Angel, als sie ihr Telefon öffnete. Richtig. Samstag. Annarellas Geburtstag. Beinahe vergessen. Nach dem Frühstück fuhr sie mit Gianluca hoch in die Stadt, ließ sich sui Ponti absetzen und kaufte eine Kette aus winzigen dunkelroten Korallenperlen, die, wie sie fand, genau zu Annarella passten.

Sie schlenderte die Matteotti entlang, dann die Guarnacci, bog in die schmale Via Lungo le Mura del Mandorlo und machte an deren höchstem Punkt Halt, um sich über die Mauer zu lehnen und ins Teatro Romano hinabzuschauen. Von dort drang Musik. Auf der Bühne, die immer im August vor die zweistöckige römische scaenae frons gebaut wurde, fand eine technische Probe statt, sehr wahrscheinlich zur Reise der Psyche, frei nach Apuleius. Annarella hatte, das schickte sie gerade mit einer zweiten SMS hinterher, ein kleines Kartenkontingent reserviert. Für alle, wie sie schrieb, die nach dem Aperitif noch Lust hätten, sich neunzig kulturvollen Minuten zu überlassen.

Angel beobachtete, wie eine der Darstellerinnen die Bühne ausschritt, während die Pianistin ein paar Läufe übte. Wie die Techniker einen Teil der Scheinwerfer mit roten und violetten Farbscheiben versahen. Wie Stefano, der Festivalleiter, das Publikumshalbrund vor der Bühne eigenhändig mit einer Batterie blauer Stühle komplettierte. Vermutlich für Annarellas Kartenkontingent.

Von hoch oben betrachtete sie das Gewimmel auf dem samstäglichen Markt, der … wie immer im Sommer … auf dem Platz neben dem Römischen Theater stattfand. Eine Menschenmenge drängte sich vor dem Fischwagen von Claudio und Donatella. Er gehörte zum Markt wie die Käse- und Salami-, die Obst- und Gemüse-, die Pflanzen- und Blumenstände und wie die vielen Stangen und Stellagen der chinesischen Händler … seit Jahren schon waren sie Teil des Bilds.

Ihr Blick wanderte über die von Hügeln durchzogene Ebene und tastete sich ins ferne schattige Blau, das von den Gipfeln der Apuanischen Alpen herabzufließen schien. Wie strategisch die Etrusker ihre Siedlungen doch platziert hatten, dachte sie. Auf hoch gelegenen Plateaus. Auf Felsmassiven. Mit einem Rundumblick über das Land. Jeder Floh, der sich näherte, war von dort oben gleich zu sehen. Wie gern würde sie eine Zeitreise unternehmen, sich ein paar Tage unter dieses rätselhafte Volk mischen, herausfinden, ob es stimmte, was man von ihm behauptete … seine Tapferkeit, seine Kultur, seine Lust am Genuss und dass es Blitze lesen konnte und daher wusste, was die Götter wollten. Was sie am meisten beeindruckte, denn wer weiß das schon.

In die Zukunft hinein, hatte sie einmal gelesen, soll die Bewegung durch die Zeit ja möglich sein. Zumindest denkbar. Theoretisch. Was aber die Vergangenheit betrifft, da mangelt es an sogenannter empirischer Evidenz. Außer, man blickt ins Universum. Mit einem Teleskop. Manchen Dichtern reicht das bloße Auge. Andererseits, ging es Angel durch den Kopf, während sie ihren Beobachtungsposten verließ und sich in Richtung Docciola aufmachte, gibt es so unendlich vieles, was wir nicht kennen. Von dem wir keine Ahnung haben. Was jenseits unserer Vorstellungskraft liegt.

Als sie auf dem Parkplatz an der Docciola bei ihrem Auto eintraf, das sie am Morgen zuvor dort abgestellt hatte, traute sie ihren Augen kaum. Ein Strafmandat. Nicht zu fassen. Sie parkte immer hier. Kein Hinweis, kein Verbotsschild weit und breit. Wütend knüllte sie den Zettel mit der horrenden Summe, die sie laut Falschparkertabelle zu zahlen hatte, zusammen und steckte ihn in die Hosentasche.

Sie schluckte. Ein merkwürdiger Tag. Vom Gefühl her irgendwie verfahren. Sie war ein wenig müde und verzagt. In den schlaflosen Stunden hatte sie über manches nachgedacht. Im Stück des Eremo, in das sie absichtslos geraten war, ja selbst im Stück, das sie mit den Figuren schuf … oder die mit ihr … und das sie bislang zu überblicken geglaubt hatte, war eine unbekannte Größe aufgetaucht. Eine neue Potenz. Etwas Wildes. Es wollte ihr nicht gelingen, dies ins Gefüge zu bringen, ihm eine Figur zuzuordnen. Es schien von woanders zu kommen, fast wie aus einer anderen Sphäre ...

In welchem Netz war sie gelandet. Oder: In welchen Kontext hatte sie sich manövriert. Das Stück, das durch die fremde Komponente gerade seine Richtung wechselte, schien wirklich mehrere Autoren zu besitzen. Wer dialogisierte jetzt mit wem. Der Eremo, der Tote aus der Balze, musste … zweifellos … auf ein Phänomen getroffen sein, in dem er sich gespiegelt glaubte. Etwas, das er als seins erkannt zu haben glaubte, als eins mit sich. Ein Zufall … Eine Verwechslung … Mimikry … Metamorphose … Oder …

Angels Gedanken wurden zur Spirale.

»Der Christus des Rosso Fiorentino. Kopien der Skizzen. Echt wie Originale«, hörte sie es flüstern, »ein wahrer Schatz.«

Sie hätte es beim Nachbild belassen, hätte auf Distanz bleiben können, doch etwas war stärker gewesen. Es war an sie gefallen, dies … wie sollte sie es nennen … Kleinod. Gut, eingestanden, sie hatte es an sich genommen. Aber sich auch bemüht, es dann zurückzulegen, rechtfertigte sie sich vor sich selbst. Dass es ihr nicht gelungen war … Vielleicht hatte sie es nicht aufrichtig genug versucht. Aber es war das letzte, was es jetzt noch von ihm, dem Eremo, dem Toten aus der Balze, gab. Oder was in seinem Besitz gewesen war. Je länger sie es jedoch behielte, für sich, desto schwerer würde es ihr fallen, sich davon zu lösen. Das spürte sie ganz deutlich.

Auf der Straße vor Marios Hof stand ein Traktor quer. Mario und sein Sohn Maurizio machten sich schwitzend daran zu schaffen.

»Die Ölpumpe!«, rief Mario ihr zu. »Kann dauern. Am besten, du fährst den Wagen auf die Seite und gehst zu Fuß.«

Angel seufzte. Sie manövrierte den Panda so nah wie möglich an den Graben, suchte ihre Sachen zusammen und machte sich auf den Weg.

»Wir klingeln durch, wenn wir's geschafft haben«, keuchte Maurizio unter der Maschine hervor.

Es musste ungefähr eins sein. Die Sonne stach. Auch Angel keuchte, als sie den Feldweg durch die Äcker nahm, bis sie in den lärmenden Schatten einiger Pinien und Akazien gelangte, die die schmale Zufahrt zum Haus säumten. Es heißt zwar, dass die Zikaden singen, aber mit Gesang, dachte Angel, hat das rhythmisch schnarrende Getöse wenig zu tun. Dennoch, sie liebte es. Manchmal entdeckte sie auf der Rinde eines Baums sogar eine der Urheberinnen, trotz ihrer Färbung, die sie selbst als Teil der Rinde erscheinen ließ, eine nahezu perfekte Tarnung.

Sie legte ihre Sachen in der Küche ab, drehte den Hahn auf, trank das kühle Wasser direkt aus den Handflächen und ging zur Werkstatt hinüber. Von Hund und Kater keine Spur.

In der Luft lag ein Geruch, der sie vage an die letzte Nacht erinnerte.

Sie betrat die Werkstatt und setzte sich an den Arbeitstisch. Dort nahmen gerade einige Passantinnen Gestalt an. Drahtfiguren, schwungvoll, in Bewegung. Tänzerinnen oder Götterboten. Das ließ sich noch nicht sagen.

Zwei hohe priesterähnliche Terrakottafiguren waren schon gebrannt. Sie würde ihre rohe rote Farbigkeit belassen.

Ein paar andere, Sitzende, Liegende, warteten auf Glasur beziehungsweise auf Bemalung. Ihr schwebte etwas vor in Richtung Koralle oder Karneol. Sie zog ein paar Schubfächer auf, entnahm ihnen kleine Löffel voll Pigmente und rührte sie in Porzellanschalen mit einem Gemisch aus Ei und Leinöl an. Kleckste mit dem Spatel Farbproben auf eine Palette. Bis auf ein dunkleres Orange war nichts so, wie es ihr vorschwebte. Sie trat mit der Palette vor die Tür, um die Farben im Sonnenlicht zu überprüfen.

Aus dem Pizzaofen, einer kleinen Konstruktion, die Claudio, der Maurer, ihr im vorigen Sommer aus einer Art Schamottestein an die Hauswand gebaut hatte, mit Verbindung zur Küche, drang ein dumpfes Geräusch. Während Angel horchend näher ging, dachte sie unwillkürlich an das Käuzchen, das, kaum hatte der Ofen fertig dort gestanden, durch den Rauchabzug hineingerutscht war. Um zu verhindern, dass dort noch anderes als Pizza gebacken wurde, hatte Claudio den Abzug dann mit einem angekippten Dach versehen. Nicht so schön, aber praktisch.

Sie legte die Palette auf den Boden. Öffnete vorsichtig die Klappe und spähte in das dunkle Gehäuse. Zwei Augen wurden sichtbar, zwei Ohren. Beherzt griff sie zu. Es staubte. Dann zog sie einen unglücklichen Kater heraus. Sein rötlich getigertes Fell aschgrau. Wie bist du … Der Kater schaute sie ratlos an. Er wusste es auch nicht … Erinnerte sich nur, dass ihn auf einmal etwas gepackt hatte, ein kleine Hand, ein eiserner Griff, von hinten. Dann wurde es finster. Und er saß in der Klemme.

Angel verzichtete auf Vorhaltungen. Alles hat seinen Grund. Das ist erwiesen. Nicht nur durch die Philosophen. Aber manches bleibt schlicht unerklärlich. Wie man's auch dreht und wendet.

Der Kater schüttelte sich hustend. Eine Aschewolke stob aus seinem Fell und senkte sich über die Palette, ehe Angel dazu kam, sie in Sicherheit zu bringen. Dann trottete er davon.

Angel schüttelte den Kopf. Nahm die Palette auf, fuhr mit dem Finger durch eine der Farben und vermischte sie vorsichtig mit der Ascheschicht. Ein dunkles Tizianrot. Schöner, als sie es sich vorgestellt hatte. Nachdenklich schaute sie dem Kater hinterher. Dann klaubte sie ein Häufchen Asche aus dem Ofen und mischte eine Schale mit herrlicher Farbe an. Der Tag schien sich doch noch zum Guten zu wenden. Auch wenn Maurizio, der wie versprochen anrief, keine bessere Nachricht parat hatte, als dass der Traktor … komplizierter, als gedacht, das kriegen wir nicht alleine hin … sich frühestens am Montag bewegen würde.

Angel vertiefte sich in eine Liegende. Zum durch den Kater unverhofft entstandenen Rot gesellten sich ein Sonnengelb, ein lichtes Grün, eine Spur Türkis, ein Anthrazit, fast Schwarz. Beinahe etruskisch, befand sie schließlich. Und hörte kurz darauf erschrocken, wie es vom Dom fünf schlug. Rasch säuberte sie Pinsel und Gefäße, verschloss die Schubfächer und einige Flakons mit Flüssigkeiten und eilte zur Tür.

Der Luftzug, der hereindrang, wirbelte ein paar lose Blätter aus dem Regal und eine Postkarte, die mit der Bildseite auf dem Boden landete. Sie hob sie auf … Rossos *Deposizione di Sansepolcro*, schon wieder … und bemerkte, während sie sie an ihren Platz zurückstellte, auf der Rückseite die schwachen Abdrücke, wie von einer Kinderhand. Daneben eine Signatur, wie aufgestempelt. *Rvbevs Flo … memento.*

29

»Wie machst du's nur …«, begrüßte Gianluca sie mit einem Blick auf die Armbanduhr. Zwölf Minuten. Tatsächlich. Angel verzichtete auf jede Begründung und gab ihm einen Kuss.

Aus dem Istante drangen Musik und Stimmengewirr. Ein Korken knallte. Gleich noch einer. Gefolgt von Lachen und spitzen Schreien. Gläser wurden gefüllt und von Hand zu Hand gereicht. »Annarella! Auguri!« Jemand begann zu singen. Alle fielen ein.

Annarella, in einem mit türkisfarbenen Blüten übersäten Sommerkleid … es stand ihr ausgezeichnet, fand Angel, im Kontrast zu ihrem schwarzen Haar … in den Ohren, passend, zwei große Türkise, in Silber gefasst, strahlte, glücklich über die Freunde, den Augenblick.

Manuele und Danilo transportierten aus der Küche Platten mit Pasteten, Pizzette, Kleinigkeiten. Scharf, süß, deftig. Deponierten sie eine neben der anderen auf dem Tresen. Alle drängten sich davor, essend, trinkend, redend. Alle schon in Ferienstimmung.

Nächste Woche war Ferragosto. Zeit, ans Meer zu gehen. Zwei herrliche Wochen. Sand in den Schuhen, den Ohren, den Hosentaschen. Sonnenbrand auf Schultern und Rücken. Salz in den Haaren, auf der Haut. Liegestühle und Sonnenschirme, dicht an dicht, wie Sardinen in der Büchse. Kindergeschrei. Radiogeplärr. Diskussionen mit Zufallsbekannten über alles und nichts. Braungebrannt, winddurchweht, müde vom Nichtstun wieder nach Hause. Uneingelöste Sehnsüchte.

Nicht bestandene Abenteuer. Verschoben, voller Hoffnung, auf das kommende Jahr.

Rocco packte die Gitarre aus und begann zu spielen. Die melancholischen Lieder der Maremma. Ein Quodlibet aller gängigen Schlager. Immer konnte einer den Text. Immer sang einer mit. In den Refrain fielen dann alle ein.

Angezogen von der Musik, der übersprudelnden Stimmung, füllte sich die Bar mit immer mehr Menschen. Geburtstagsgäste oder nicht, jeder trank auf Annarella. Frohen Herzens entkorkte Manuele einen Weißwein nach dem anderen.

»Welch eine Überraschung«, sagte eine Stimme in Angels Rücken.

Angel wandte sich zu dem schlanken dunkelhaarigen Mann, der im Gedränge plötzlich an ihrer Seite stand.

»Rubaconte … Rubaconte da Mandello …«, half er ihr auf die Sprünge.

»… Ponte alle Grazie«, komplettierte Angel und prostete ihm zu. Arturo, der Anarchist, schob sich zu den beiden durch und legte dem Fremden die Hand auf die Schulter. »Angel, darf ich dir einen Freund von mir …«, hob er an, doch in dem Moment erschien Danilo mit einer großen, kunstvoll verzierten Torte. In ihrer Mitte … wie feinfühlig … eine einzige leuchtendrote Kerze. Kein kleinteiliges Vorrechnen vergangener Lebensjahre. Arturos Worte verrauchten im frenetischen Applaus, unter dem Annarella die Torte in Empfang nahm, die Kerze ausblies … gefolgt von einem vielstimmigen *Tanti auguri* … und freudig wie ein Kind Stück um Stück von dem Backwerk schnitt, das wundersamer Weise nicht weniger zu werden schien.

»Wir kennen uns«, erklärte der Fremde, als der Lärmpegel sich ein wenig gelegt hatte. »Das heißt, wir sind uns schon begegnet … vor nicht allzu langer Zeit.«

»Gestern, wenn ich nicht irre«, sagte Angel.

Arturo nickte, zwinkerte den beiden verständnisvoll zu und ließ sich Richtung Torte treiben. »Ich versuch dann mal mein Glück!«

»Welch eine Überraschung«, sagte Gianluca, der mit zwei Tellern aus der Menge auftauchte. Den einen drückte er Angel in die Hand. Den anderen überließ er dem Fremden.

»Nein, nein, ich bitte Sie«, wehrte er jeden Dank ab, »ich bin gleich wieder da.« Erneut mischte er sich ins Getümmel.

»Köstlich«, bemerkte der Fremde. »Wie komme ich zu der Ehre?«

»Der Geburtstag unserer Freundin Annarella«, erwiderte Angel und winkte zu ihr hinüber.

»Die reizende Signora aus der Post«, sagte der Fremde. Er hob sein Glas. »Auguri, Annarella!« Von allen Seiten regnete es neuerliche Glückwünsche.

»Sie kennen Volterra?«, erkundigte sich Angel.

»Ich werde es kennenlernen«, erwiderte der Fremde. »Ich habe soeben hier ein Haus gekauft. Ein kleines. Eher eine Hütte. Nein, nein, ich scherze. Es ist nicht aus Stroh, sondern aus Stein.«

Angel traute ihren Ohren kaum.

»Sie müssen den Vorbesitzer gekannt haben«, sagte er und schaute ihr in die Augen.

Sie hielt seinem Blick stand. »Nein«, sagte sie, »nicht wirklich.«

Er lächelte. Schmerzlich. »Mein Jugendfreund. Wir waren lange Zeit zusammen. Dann haben wir uns aus den Augen verloren. Bis Arturo mir von jemandem erzählte … hier in Volterra … Wenn Sie wollen«, setzte er hinzu, »wenn ich Sie dadurch nicht am Feiern hindere …«

»Gehen wir hinaus«, nickte Angel, »hier versteht man ja kaum sein eigenes Wort. «

Sie nahmen die Via Gramsci und stiegen die Stufen zum Parco Fiumi hinauf. Am Eingang zum Park kam ihnen eine Gruppe von Kindern und Jugendlichen entgegen, mit Rollern und Fahrrädern. Aus den Hosentaschen der Jungs schauten Zigarettenschachteln. Die Mädchen gingen eingehakt. Alle auf dem Weg zum Abendessen. Pünktlich um acht. Bis auf einige Liebespaare, denen keine Stunde schlug, lagen die Wege und weitläufigen Wiesen verwaist.

»So waren auch wir«, sagte der Fremde, »wie die Jungs da mit dem Fahrrad. Wie sie sind auch wir zusammen losgezogen. Durch die Stadt, in die Felder. Dann überkam ihn die Lust, sich in der Welt umzusehen. Er schrieb mir Postkarten aus Indien, China, Kalifornien. Die letzten kamen aus Paris … vor über zwanzig Jahren.«

Er blieb stehen, schob die Brille in die Stirn, legte den Kopf in den Nacken, beschattete die Augen mit der Hand und blickte in die dunklen, von Sonnensprenkeln flimmernden Wipfel.

»Wie nah sich Licht und Schatten sind«, bemerkte Angel, die seinem Blick gefolgt war.

»Zwischen dem Blitz und dem Krachen des Donners kann mitunter ein großer Abstand liegen«, dachte der Fremde laut.

Es war noch immer heiß. Sie gingen auf den Mastio zu, den massiven runden Turm, der die Rocca Nuova krönt, den Teil der Festung, durch dessen Bau … zwei Stadtviertel und der Palast des Bischofs mussten dafür weichen … Lorenzo Il Magnifico Volterras Niederlage und die Herrschaft der Medici weithin sichtbar besiegelt hatte.

Von Fern segelten leise gongähnliche Klänge zu ihnen herüber. Mit den Augen suchte Angel die Wiese ab. Jenseits der Senke, unter einer ausladenden Steineiche, saß Gianni, rauchend, ins Hang-Spiel versunken.

»Mein Freund«, sagte der Fremde, »wollte aus seinem Leben einen Roman machen.« Und setzte nachdenklich hinzu: »Einen theatralischen Roman. Sofern es dieses Genre gibt.«

Sie bogen in einen schattigen Pfad. Die erste nächtliche Feuchtigkeit legte sich sacht über dankbare Farne und unzählige wilde Orchideen. Giannis Klänge folgten ihnen noch eine Weile.

»Wahrscheinlich habe ich selbst sogar einige der Szenen entworfen. Zumindest die ersten«, fuhr der Fremde fort. »Aber natürlich ist es seine Geschichte. Die sich zunächst in der Welt geschrieben hat. Irgendwann muss sie sich dann aber völlig in seine Imagination verlagert haben. In sein Inneres. Welche Welten er dort entdeckte … in welchen Welten er dann versank … Ich kenne nur, wie Sie, den Schlusspunkt. Die Szenenfolge und den langen Satz, an dessen Ende er steht, muss ich im Nachhinein, im Rückwärtsgehen rekonstruieren. Sofern das überhaupt denkbar ist.«

Er brach einen kleinen Farn und zupfte gedankenverloren ein Blättchen nach dem anderen ab, bis nur noch der nackte Stängel übrig blieb. Sie gelangten auf eine Lichtung. Die Zikaden setzten ein. Alle auf einmal.

»Es wird nicht leicht sein. Zumal wir nicht viel gesprochen haben in all der Zeit, die wir zusammen waren. Auch das ist mir erst vor Kurzem klargeworden, im Nachhinein. Er … von Natur aus schweigsam. Ich … weil ich wusste, was er dachte … oder es zu wissen glaubte.«

Schlagartig war es wieder still. Jedes Mal wunderte sich Angel über die Kommunikation der Zikaden. Die perfekte Synchronie.

»Ja, das gibt es«, bestätigte der Fremde, als habe er ihre Gedanken gelesen. »So war es auch bei uns. Über eine gewisse Zeit. Wir verstanden uns wortlos. Eine Geste. Ein Zeichen. Ohne darüber nachzudenken. Ich bin davon ausgegangen, dass es immer so bleiben würde.«

»Ein Irrtum«, setzte er nach einer längeren Pause hinzu.

Wann kennt man einen anderen Menschen, seufzte Angel innerlich, wo man sich oft nicht einmal selber kennt.

»Er hatte keine Vorurteile. Er schien vielmehr die Gabe zu besitzen, sich in alles und jeden hineinversetzen zu können. Es fiel ihm leicht, sein Herz zu öffnen.«

»Eine Gnade«, bemerkte Angel.

»In seinem Fall womöglich auch ein Fluch«, entgegnete der Fremde. »Er konnte sich vieles vorstellen. Zu vieles, würde ich sagen, nicht nur aus heutiger Sicht. Und er begann schon früh, seine Vorstellungen Gestalt werden zu lassen. Er der Autor und Protagonist seines Romans … seines szenischen Werks. Schließlich schien jede Karte, jede Nachricht, die er mir sandte, von immer einem anderen zu stammen. Ein Spiel. Faszinierend. Aber nicht ungefährlich …«

»… wenn man sich darin verliert«, ergänzte Angel in Gedanken.

Ein Eichhörnchen huschte vorüber, jagte den Stamm einer Kastanie hinauf und sprang blitzschnell im Zickzack über dichtbelaubte Äste.

»In Paris muss er auf etwas oder jemanden gestoßen sein. ›Ein ungefähr gleichaltriger Mann‹, schrieb er … eine der letzten Nachrichten, die ich von ihm erhielt … ›blickt mir in die Seele. Mein Spiegelbild? Mein Doppelgänger?‹ Und darunter ein verwischter Schriftzug … ›wild und lächelnd‹.«

Schweigend wanderten sie durch den Park bis zum Piano di Castello über den Resten der Tempel und Zisternen der etruskisch-römischen Akropolis, dem höchsten Punkt der Stadt. Hingen ihren Gedanken nach. Stellten auf einmal überrascht fest, wie weit die Dämmerung schon fortgeschritten war.

»Diese Begegnung muss zu einem inneren Kurswechsel geführt haben. Ich habe nie mehr von ihm gehört«, fuhr der Fremde nach einer Weile fort. »Ich hätte nach ihm suchen können. Sollen. Eine Zeit lang fühlte ich mich fast dazu verpflichtet. Aber ich selbst war auch beschäftigt. Auch mein Leben nahm neue Wendungen. Ich fragte mich dazu, ob ich in seiner Realität … seinem Roman … seinem Theater … noch eine Rolle spielte. Ich war vielleicht sogar« … es klang beinahe wie ein Geständnis … »getroffen. Verletzt. Was ich mir jedoch erst viel später eingestand. Ich archivierte die Erinnerungen an ihn, an unsere gemeinsame Zeit, weit hinten in meinem Gedächtnis … verschloss sie dort … überließ mich meiner eigenen drängenden Realität. Drehbücher, Filme, Projekte. Erst jetzt wird mir bewusst, schmerzlich, dass er … etwas von ihm … mich stets begleitet hat.«

Sie balancierten über einen schmalen Sims, der zwei Ausgrabungsstätten voneinander trennte, und gingen langsam über eine langgestreckte Wiese auf den Ausgang zu.

Angel dachte an ihren Freund, den Maler. Auch er hatte lange Zeit in dem Gefühl gelebt, nicht einer zu sein, sondern doppelt. Mehr noch. Er war zu der Auffassung gelangt … zuerst notgedrungen, dann aus Überzeugung, wie er sagte … dass man zu zweit sein muss, um zu sein. Wie viel Energie hatte es ihn gekostet, Imagination und Realität voneinander zu unterscheiden.

Vermutlich hatte sie laut gedacht, denn der Fremde bemerkte: »Ist die Realität nicht immer das, was wir dafür halten? Am Ende landen wir immer bei uns selbst. Das heißt, sie wirft uns auf uns selbst zurück, die Realität, die Geschichte, die sich in jedem von uns auf so unverwechselbare Art verkörpert.« Er schwieg jetzt.

Unverwechselbar, ja, dachte Angel, bis vor Kurzem war sie davon überzeugt gewesen, dass es so etwas wie Unverwechselbarkeit geben würde.

»Und doch haben wir uns anscheinend«, fuhr er schließlich fort, »mein Freund und ich, trotz allem, was uns trennte, und ohne dass es mir bewusst gewesen wäre, über weite Strecken gemeinsam bewegt. Oder noch anders … Vermutlich bin ich ihm gefolgt.«

»Was auch Sie schließlich nach Volterra geführt hat«, bemerkte Angel.

»Der Grund bestand zunächst in einer bestimmten Szene, an der ich vor nicht allzu langer Zeit gearbeitet habe«, sagte der Fremde, »zu einem bestimmten Bild.« Er fuhr sich mit der Hand über die Augen. »Durch einen Tag und vor allem eine Nacht, die ich dank Arturos Fürsprache allein vor diesem Bild … oder mit ihm … verbringen konnte, ist es mir gelungen, dem Maler auf die Spur zu kommen. Bis zu einem gewissen Punkt. Hätte ich«, setzte er hinzu, »allerdings eher einen Blick auf die Skizzen des Rosso werfen können … zum Christus …«

»Ich …«, begann Angel.

»Ich weiß«, sagte er.

»Ich hätte meinen Freund wiedergefunden, nur um ihn kurz darauf abermals zur verlieren. Und dennoch« … sein Ton klang fast verwundert … »ich weiß nicht, ob ich seinen Tod betrauern soll.«

Angel dachte an das Lächeln des Toten aus der Balze, als sie sich sagen hörte: »Ich glaube fast, dazu besteht kein Grund.«

Der Fremde betrachtete sie forschend.

»Ein Gefühl …«, setzte sie gleich darauf hinzu, »… in eben diesem Augenblick.«

Unvermittelt brachen beide in Lachen aus. Sie lachten und lachten. Ausgelassen. Fast wild.

»Ich habe das Haus gekauft«, sagte der Fremde unter Tränen, »ohne nachzudenken. Sofort nach seinem Tod. Und alle seine Arbeiten, die ich dort fand … fast alle … an mich genommen. Auch er war ein Maler und Zeichner.«

»Ich weiß«, sagte Angel.

Sie traten hinaus auf die Via di Castello. Gingen die steile Gasse hinab, die Richtung Piazza dei Priori führte.

»Was machen wir mit dem Skizzenbuch?«, fragte Angel. »Ein zweifach unrechtmäßiger Besitz.«

»Wir geben es dem zurück, der danach sucht«, antwortete der Fremde.

30

Die Tür war verschlossen. Die Jalousie halb heruntergelassen. Angel klopfte an die Scheibe. Manuele schaute auf, nickte ihr zu und kam hinter dem Tresen hervor, um ihr zu öffnen.

»Wo warst du?«, fragte er.

»Wo sind sie?«, fragte Angel zurück.

»Sie reisen schon seit einer halben Stunde im Teatro Romano durch ihre Psyche«, sagte Manuele. Er sah müde aus, aber zufrieden. Der Abend hatte sich gelohnt.

»Ich helfe dir mit dem Rest hier«, bot Angel an.

»Setz dich lieber, und erzähl mir was«, winkte Manuele ab. »Ich hab es gleich geschafft.«

Er stellte restliche Teller und Gläser in die Spülmaschine, räumte Besteck auf, knotete Müllsäcke zu und putzte den Tresen.

Angel setzte sich auf den Platz des Eremo. Dorthin, wo er gesessen hatte. Noch vor wenigen Wochen.

Während Manuele einen Madonnino öffnete und zwei Gläser füllte, schrieb Angel eine Antwort an Gianluca. Auf dessen SMS mit der beunruhigten Frage, die sie erst jetzt bemerkte.

Gianluca spürte das Vibrieren seines Telefons, trotz des vibrierenden Stroms der Musik und einer bedrohlich psychedelischen Darstellung … laut Programmblatt in absichtsvoller Symbiose, um die Zuschauer in so etwas wie eine traumähnliche Trance zu überführen. Seine Nachbarn zischten, als das Licht auf seinem Display sie jäh aus der Versenkung riss. »Luca, verzeih, ich erkläre es dir später. Holst du mich nachher ab, bei Manuele?«

»Was für ein Abend«, sagte Manuele, schob Angels Glas über den Tresen, leerte sein eigenes in einem Zug und goss sich noch eins ein. »Kurz vor Schluss tauchte auch noch Grandini auf mit ein paar Leuten. Er war enttäuscht, dass du eigentlich da warst, aber plötzlich spurlos verschwunden.« Er zwinkerte ihr zu.

Jetzt erst bemerkte Angel, dass Manuele die Zeichnung des Eremo in einem hellen schmalen Rahmen, sogar mit Passepartout, in Sichthöhe neben den Tresen gehängt hatte.

»Sie waren auf dem Weg ans Meer, Richtung Populonia. Du kannst ihn jederzeit anrufen. Soll ich dir ausrichten.«

»Ja«, sagte Angel, »ich glaube, er wollte mich als Komparsin anheuern.«

»Ich glaube, er wollte lieber mit dir schwimmen gehen«, erwiderte Manuele.

Angel versetzte dem Drachen auf seinem Arm einen kleinen Stoß. Jetzt erst fiel ihr auf, dass er vom selben Rot war wie der im Wappen von Volterra. Der feuerspeiende Vogel Greif, der den Lindwurm bezwingt. Eine Dualität, die Volterra schon im Namen trägt. Und Janus selbst … heißt es in einer der zahllosen Legenden um die Entstehung der Stadt … der doppelköpfige Gott sei es gewesen, der Volterra zwischen Himmel und Erde angesiedelt habe. Zwischen Licht und Dunkelheit. Vergangenheit und Zukunft. Anfang und Ende. Leben und Tod.

Immer wieder einmal hatte Angel darüber nachgedacht, wie es wäre, drinnen zu leben … *entro le mura* … innerhalb der Stadtmauern, die im Mittelalter gegenüber den etruskischen Proportionen sichtlich geschrumpft waren. Aber selbst Gianluca, einer der Volterraner, deren Familien sich problemlos über Jahrhunderte zurückverfolgen lassen, hatte es nach draußen gezogen, vor die Porta Marcoli. Allzu leicht konnte man von der Stadt verschluckt werden. Sich in ihren Mythen und Geschichten verlieren. Ihren Rätseln und Abgründen.

Oder schlicht im Labyrinth ihrer Gassen und Gemäuer. »Das alles kann dich absorbieren, ehe du dich versiehst …«, hatte er einmal zu ihr gesagt, »… doch kaum trittst du heraus aus ihrem Schatten, gehst durch eines der imposanten Stadttore, wirfst einen Blick durch den steinernen Bogen vor San Felice, der das Tal rahmt wie ein Bild, biegst vor dem Albergo Nazionale um die Ecke sui Ponti, schon öffnet sich das Land, das du beinahe vergessen glaubtest, in all seiner Weite, herrlich und heiter … schon wirst du von der Sehnsucht ergriffen, dich in die Luft zu schwingen, zu fliegen wie die Schwalben und Mauersegler, die Habichte und Bussarde. Es gibt sogar Momente, wo du nahe daran bist, einen glückseligen Schritt zu tun, in der irrigen Annahme, du hättest die Erdenschwere bereits hinter dir gelassen …«

Angel hatte gebannt zugehört, als Gianluca, kaum dass sie sich näher kannten, zu dieser geradezu poetischen Präsentation seiner Heimatstadt ansetzte, in die er mit den Worten »Isabella, siehst du den Fels, den langgestreckten Grat, mit seinen Türmen, seinen Abstürzen, seiner Festung?« einstieg, während sie sich, von Pisa kommend, über unzählige Kurven der Balze näherten.

So war Isabella Inghirami in ihr Leben getreten. Und Gianluca hatte … nicht nur, aber auch … wegen Paolo Tarsis, dem verstiegenen Flieger durch D'Annunzios Fantasien, sogar seinen Flugschein gemacht. In einer zweisitzigen Tecnam P92 war Angel schon ein paar Mal mit ihm über die Hügel gesegelt. Über die Täler der Era, der Cecina, des Arno. Über Wiesen, Hügel, Weizenfelder und Weinberge. Über seine Stadt.

Von oben machte sie einen sonderbar leichten, fast luftigen Eindruck. Schien alle Schwere zu verlieren, ja selbst abzuheben. Kein Ozeandampfer mehr, sondern ein Raumschiff. Wirklich. Das auch sie selbst, dachte Angel, bestiegen hatte auf ihrer Reise zu neuen, unbekannten Ufern. Oder zu vergessenen Gestaden, die auf der Netzhaut hängenbleiben, damit man … wenn man will … womöglich wiederfindet, was man irgendwann verloren hat. Wie das Versteckte in einem Vexierbild. Deutlich für den, der gefunden hat, wonach er suchte … ob es ihm nun bewusst war oder nicht. Unsichtbar für jenen, der nicht ahnt, dass es überhaupt etwas zu suchen gibt.

Siehst du, da haben wir sie, die innere Logik einer anderen Realität, glaubte sie ihren Freund, den Maler, sagen zu hören. Ja, gab sie zurück, was aber, wenn diese andere Realität mit ihrer Logik zur eigenen wird. Wenn sich keine dritte, andere Struktur mehr abbildet … fast wie durch Zauber, dein Credo … sondern man einer Fiktion erliegt.

Fiktion, gab er zu bedenken, je nachdem, wie sie funktioniert, kann die Realität erhellen.

Ja, ja, pflichtete sie ihm bei, aber wie, aber welche … Zeichen beziffern … Bildschiffe transportieren … Nachrichten vordringen … Schichten passieren … Augen vertiefen …

»Geschafft«, seufzte Manuele erleichtert, füllte sein Glas ein drittes Mal und stellte fest, dass Angel eingenickt war, den Kopf auf der Platte des kleinen Tischs. Leise zog er sich einen Stuhl heran. Setzte sich zu ihr und genoss seinen Wein.

Er hatte Annarella unterschätzt, hatte nicht gewusst, wie viele illustre Leute sie kannte. Jenseits des Volterraner Lebens. Vielleicht war's ja die Post selbst, die er unterschätzt hatte. Jedenfalls, nach diesem Abend schien das Catering für die dritte Staffel der Medici unter Dach und Fach. Gut, dass Grandini einen der Produzenten im Schlepptau hatte. Besser, sich um die Verpflegung der Truppe zu kümmern, als noch einmal Lorenzos Stallknecht zu mimen. Obwohl, zugegeben, es hatte schon Spaß gemacht. Schade nur, dass er so kurz zu sehen gewesen war. Von weitem. Dabei hatte er sogar einen eigenen Satz gehabt … *Messer Lorenzo, schnell, die Flammen schlagen hoch* … wirklich dramatisch … und ihm dann mit Schwung noch einen grünen Umhang zugeworfen … aber Film ist Film …

… petrolgrün … petrolblau … ein tiefes Türkis vielleicht, und Angel sieht sich da hindurchgleiten wie einen Fisch. Ein Fluss mit vielen Windungen. Sonnenstrahlen lassen die Wasserpflanzen zittern. Sprenkel tanzen auf den kleinen Wellen. Am Grund des Flusses blitzt es und funkelt. Sie taucht hinab. Dort liegen Köpfe. Schöne. Wie gemalt. In ihren halbgeschlossenen Augen bricht sich das Licht. Die Köpfe atmen. Ihren Mündern entsteigen Blasen. Einer holt Luft, und Angel wird in ihn hineingesogen. Drinnen ist es dunkel. Sie treibt durch den Wangenraum, driftet durch Nasen- und Stirnhöhle, paddelt bis ins Gehirn. Warm und pulsierend. Schaukelt zwischen Thalamus und Gürtelwindung. Rutscht Richtung Hypophyse. Wird von einem Atemstrom ergriffen und hört, während sie wie eine Träne unter dem einen Augenlid hervorquillt, ein Flüstern … *Hasard* … das aus einem der lächelnden Münder zu kommen scheint … außerhalb von ihr …

Von draußen klopfte es an die Scheibe.

»Angel, wo bist du?«, fragte Manuele, als sie den Kopf hob und verwundert hochblickte.

Manuele öffnete die Tür.

»Madonna Santa«, sagte Gianluca, »was für ein Abend!«

Er ließ sich neben Angel auf den freien Stuhl fallen. »Magisch. Psychedelisch. Ein Traum.« In einem Zug leerte er ihr Glas. »Wie froh ich bin, dass er vorbei ist.«

31

1522 war die Pest von Rom nach Florenz gekommen. Anfangs zeigte sie sich nur in einigen Straßen. Die wurden abgesperrt. Das tat Wirkung. Doch war der Schrecken groß. Die Medici ergriffen strikte Maßnahmen. Trotzdem flammte sie im nächsten Jahr wieder auf. Und stärker. Angst würgte jeden. Die Wohlhabenden verließen die Stadt.

Der Rosso kehrte aus Volterra nach Florenz zurück. Zwei Aufträge warteten noch auf ihn. Vielleicht auch drei. Entweder frisst uns der Hunger, oder es beißt uns der Floh … Ein Tod ist wie der andere … Wir bleiben, Battistino … Unseren Mut soll uns später der Vasari bescheinigen. Unsere Kühnheit auch. Avanti … Diese Bilder noch … Wenn wir dann gehen, falls wir noch leben, ist es für immer.

In Santo Spirito malte Rosso eine *Sacra conversazione*. Ein Auftrag der Familie Dei, eigentlich an Raffaello Sanzio aus Urbino. Der hatte das Gespräch zwischen der Muttergottes mit dem Jesusknaben und einer Schar von Heiligen, darunter auch Sebastian, Schutzpatron gegen die Pest und andere Seuchen, jedoch ruhen lassen. Wegen dringlicherer Arbeiten in Rom, wie er angab.

Der Rosso malte den heiligen Sebastian so anmutig und schön, ließ das Licht so sanft über den nackten makellosen Körper gleiten … ein einziger kurzer Pfeil in seinem Schenkel wie ein Kuss … dass keiner mehr den Raffael vermisste.

Doch selbst Sebastian konnte der Pest keinen Einhalt gebieten. Immer wieder traten Herde zutage. Kaum war die Krankheit hier besiegt, brach sie dort mit neuer Heftigkeit aus.

Der Rosso malte unbeirrt. Vollendete die Vermählung der Jungfrau. Verwirrend, da es sich bei Josef nicht wie sonst um einen Alten handelt, sondern um einen schönen jungen Mann mit rötlichblonden Locken, der einer irdischen Maria den Ring an den Finger steckt. Auf der Mitra des biblischen Bischofs, der die beiden traut, steht, in Gold geprägt, Tetragrammaton ... Feuer, das brennt, aber nicht verbrennt. Führte dann im Auftrag des Bildhauers Giovanni Bandini ein gewaltiges bewegtes Bild für ihn aus. Übereinander stürzende nackte Körper, Schrecken und Geschrei ... im Zentrum kein beschwörender, sondern ein zupackender, gewalttätiger Moses, der die Töchter des Jethro vor einer Schar wildgewordener Hirten schützt.

In diesem Bild sind nur die Tiere friedlich. Sie schauen mit großen Augen auf das Chaos, das der Mensch rings um sie anrichtet.

Im Winter 1523 holte der Rosso Luft. Sie lebten.

Battistino trieb die ausstehenden Honorare ein. Schnürte drei Bündel. Sie nahmen Bertuccione in die Mitte ... schaut nicht zurück, mahnte der Rosso, vor allem an sich selbst gerichtet ... und gingen. Nach Rom.

Er summte vor sich hin, während er weit ausholte. Battistino hatte Mühe, Schritt zu halten. Bertuccione sprang mal vor ihnen her, mal kletterte er auf einen Baum, um nach dem rechten Weg zu schauen, oder einfach zum Vergnügen.

Leicht würde es nicht werden, dachte der Rosso. Raffael, Michelangelo. In Rom reüssierten nur die Großen. Doch keine Angst, ermutigte er sich selbst ... und »wenn nicht du, dann keiner«, küsste ihm Battistino unterwegs auf die Wange, »... du weißt doch, dass sie auf dich warten.«

Vier Jahre Rom. Höhen und Tiefen. Aber erfolgreich. Alles in allem.

Quasi über Nacht war dann plötzlich alles hin. Und aus Florenz kam später Nachricht, die Pest … man hatte sich daran gewöhnt, dass sie die ganze Zeit über latent schwelte … sei wieder ausgebrochen, mit verheerender Wucht.

Voll Trauer las Rosso den Brief seiner Gefährten aus der Färbervorstadt.

»Täglich sterben mehr als fünfhundert Menschen, das Entsetzen übersteigt alles Dagewesene, der große Rat versammelt sich nicht mehr, viele sind tot, viele werden sterben, die Gegenwart bringt nichts als Leiden, die Zukunft geht mit Drohungen schwanger, die Straßen stinken, überall Arme, sie hungern, kein Laden ist mehr auf, das Handwerk ruht, die Gesetze sind außer Kraft, nichts ist mehr fröhlich, alles angstvoll, elend, grau. Verwandte, Freunde, selbst Mann und Frau, alle gehen einander aus dem Weg …«

Der Rosso weinte. Zum ersten Mal, seit er den deutschen Landsknechten entkommen war, die … unter Karl V. außer Rand und Band geraten … nur Monate zuvor Rom und den Kirchenstaat geplündert hatten.

War schon der Sacco di Volterra grauenhaft gewesen, der Sacco di Roma würde in die Geschichte eingehen. Als Höhepunkt gewalttätiger Exzesse.

Was auch den Rosso traf. Sie rissen ihm die Kleider vom Leib. Schlugen ihn blutig. Lachten über seine roten Haare. Nackt wie Sebastian, wie Moses, ließen sie ihn Lasten schleppen wie ein Tier.

Bertuccione sprang durch die brennende Stadt. Zerstörte Häuser. Verwüstete Archive. Rauchende Kirchen. Er suchte in den Trümmern der Ateliers und Werkstätten nach allem, was er vom Rosso finden konnte. Bilder. Blätter, Blöcke, Bücher. Zerrissen, verstreut. Battistino säuberte, glättete, klebte, ordnete und packte Mappen.

Vieles kam zusammen. Was aber fehlte, war ein kleines Skizzenbuch. Zum Christus von Volterra. Ein Herzstück.

Bertuccione war verzweifelt. Er wusste, wie sehr Rosso daran hing. Er würde es wiederfinden. Er suchte überall. Gönnte sich keinen Schlaf.

Wie es dem Rosso gelang, seinen Peinigern im Schutz einer mondlosen Nacht zu entkommen, war ihm selbst ein Wunder. Er eilte nackt durch die zerstörten Straßen, zu Battistino. Der warf ihm ein Gewand über, ergriff das Bündel, das seit Wochen bereit lag, und rief nach Bertuccione. Dieser tauchte wie ein Schemen aus der Dunkelheit auf. »Ich bleibe«, sagte er, »solange, bis ich es gefunden habe.«

Battistino brach in Tränen aus. Bertuccione fiel ihm um den Hals, fing den salzigen Strom mit der Zunge auf. Küsste den Rosso. »Ich komme zu euch, sobald ich es habe. Wo ihr auch seid. Ich finde euch. Geht. Sorgt euch nicht.« Er riss sich los und sprang davon.

Drei Jahre. Von Freund zu Freund. Von Haus zu Haus. Perugia, Sansepolcro, Città di Castello, Pieve Santo Stefano, Arezzo …

Den Rosso schüttelte ein schweres Fieber. Immer wieder. Aber er malte. Bekam Aufträge. Hielt Battistino und sich so über Wasser. Ließ im Domhof von Sansepolcro Leichen ausgraben. Studierte sie. Fertigte anatomische Zeichnungen an. Lernte Latein, Französisch und tat alles, um endlich einen Ruf nach Frankreich zu erhalten. Das war seit Langem sein eigentlicher Wunsch. Sein Traum. Er wollte … auf den Spuren von da Vinci und del Sarto … dorthin gehen, wo man seine Kunst wahrhaft zu schätzen wusste.

Schließlich ging alles schneller als gedacht.

In Arezzo arbeitete Rosso vor der Abendmesse mit einem Lehrling in der Kirche. Als man die heilige Finsternis zelebrierte, entfachte der, ganz unabsichtlich, mit einem brennenden Stümpchen und ein wenig Harz einen leuchtend grellen Blitz. Die Gläubigen schrien auf, vor Schreck. Sie dachten, der Satan fahre auf sie nieder. Die Priester stürzten sich auf den Jungen, der fast noch ein Kind war. Rosso schritt ein. Es kam zu Lärm und einer wilden Schlägerei. Battistino zögerte nicht lang, lief los und holte ihre Sachen, all ihr Geld. Sie flohen noch am selben Abend. Zunächst nach Pesaro. Dann weiter nach Venedig.

Nur ein paar Monate später, im Oktober, war Rosso in Paris. Überglücklich, dass der Sprung gelungen war. Todtraurig, dass Battistino nicht an seiner Seite stand.

»Ich bleibe«, hatte der gesagt, »solange, bis Bertuccione wieder da ist. Dann kommen wir mit dem, was er gefunden hat, zu dir.«

Der Abend dämmerte anthrazitblau. Rosso Fiorentino … Il Rosso del Rosso, so hieß er bei François I. und damit in ganz Frankreich … lehnte in einem brokatbezogenen Sessel und blickte aus den hohen Fenstern seines Hauses in den Himmel über Paris und Fontainebleau. Ein Bediensteter trat ein und stellte das Fläschchen mit der roten Flüssigkeit, Likör vielleicht, um das der Rosso ihn gebeten hatte, samt einem Kristallglas auf dem Tisch neben ihm ab.

Merci, lächelte der Rosso, geh ruhig zu Bett … ich bleibe noch ein wenig und hänge einigen Gedanken nach …

Personne n'a plus de génie et plus de feu que lui … Bedienstete, Pferde, ein Haus mit Tapeten, Silberzeug, Kostbarkeiten. Er hatte wie ein Fürst gelebt in den vergangenen zehn Jahren. Und glücklich. Der König schätzte seine Kunst. Kaum, dass er ihm die ersten Bilder überreichte, die gleich nach seiner Ankunft in Fontainebleau entstanden waren, übertrug François I. ihm schon die Aufsicht über alle Bauten, Malereien und Dekorationen im Schloss.

Er, Rosso, stand im Mittelpunkt der Ersten Schule von Fontainebleau. Neben ihm der Maler Primaticcio, ein Landsmann aus Bologna. Über tausend Scudi zahlte ihm der König jetzt pro Jahr. Großzügig bedachte er ihn mit Gaben und Geschenken.

Er, Rosso, hatte ihm ein imaginäres Universum geschaffen … *très beau, bizarre, extravagant* … vollkommen gezeichnet, gestochen, *al fresco* und in Öl gemalt. Der Kampf der Zentauren. Der Tod des Adonis. Kleobis und Biton. Bacchus und Venus und Amor. In Gesellschaft von Engeln und Satyrn, von Drachen und wilden affengesichtigen Wesen, weißen Elefanten, zottigen Bären, stürzenden Pferden, von Jagdhunden, Löwen und Katzen … *des plus beaux ornements qui se puissent voir* …

Neider gab es genug. Wie überall und immer. Er konnte sich aber beim besten Willen nicht erinnern, dass er sich je hätte hinreißen lassen. Weder zu Anwürfen noch Erwiderungen.

Er wusste, dass François I. seinen Charakter schätzte, seine Erscheinung, seine Rede. Seine Integrität. Was hatte ihn nur bewogen, einem einzigen fatalen Impuls nachzugeben, der alles Erreichte aufs Spiel setzte. Es zunichtemachte, in seinen eigenen Augen. *Tous je connais* … dachte der Rosso traurig … *fors che moi-même* … Was hatte ihn, der sich zeitlebens treu war, kein böses Wort gegen jemanden gerichtet hatte, plötzlich veranlasst, einen andern zu verklagen, einen Freund sogar, ohne Beweis. Ein paar hundert Dukaten mehr oder weniger. Dass sie gestohlen waren, hatte ihm nicht wehgetan. Was ihn so schmerzte, fast zerriss, war der Verdacht, Francesco könne sie genommen haben, di Pellegrino, ein Maler aus Florenz wie er, mit dem er nahen, ja vertrauten Umgang pflegte.

Er hatte sich hinreißen lassen. War wie ein Knabe verletzt gewesen. Fühlte sich hintergangen, verraten, hatte den Pellegrino beim König angezeigt und nicht mit einem Funken

Mitgefühl bedacht, wie schlimm man ihn verhören, wie grausam man ihn foltern würde. Für etwas, das er nicht getan hatte. Wie sich dann erwies. Zu spät.

Mein Battistino, dachte der Rosso, du hättest das nicht zugelassen. Hättest mir ins Gewissen geredet. Mich vor solch einer Ungerechtigkeit bewahrt. Wie oft hatte er in den letzten Jahren an ihn gedacht und an Bertuccione. Wie gern hätte er sein Glück geteilt, mit ihnen, die all die schweren Zeiten mit ihm geteilt hatten.

In dieser Nacht reiste der Rosso durch sein Leben. Durchquerte Landschaften und Menschen. Trieb mit dem Wind, dem herrlichen Schirokko. Geriet in einen Sturm an jenem Tag im November, als ihm das Meer die Seele überschwemmte. Gelangte an die Kreuzungen der Gefühle. Tauchte durch Schatten des Vergangenen wie durch Tiefsee. Passierte Hohlwege und Schluchten. Schritt über alle Hügel der Toskana. Glitt durch das Petrolgrünblau der Abendhimmel. Atmete das Rosagelborange der frühen Morgenstunden. Durcheilte Ebenen. Wählte die Wege durch die Vorgebirge. Erstieg so viele Höhen. Geriet an Übergänge … der Sonne folgend … unerforschte Länder … im Wirbel der Momente, der fünfundvierzig Jahre seines Lebens.

Er schenkte sich ein wenig vom Likör ein. Nippte daran. Nahm einen süßen Schluck. Rot, sagte er, den Kopf ganz leicht zurückgeneigt, die Augen halb geschlossen, den Mund, verklärt, ein klein wenig geöffnet, lächelnd, vor der schmalen Pforte.

32

Angel schlug einen geschmeidigen Klumpen Teig auf ein großes Blech und drückte ihn von der Mitte aus zu den Rändern und in alle vier Ecken. Noch unentschieden, ob es eine Aprikosen- oder Pflaumen-Crostata werden sollte. Mit einer Gabel stach sie ein bewegtes Muster in die geglättete Fläche. Sie summte vor sich hin. Zum feuerroten Mann war in den letzten Tagen eine weibliche Figur getreten. Aus einem Tongemisch, das gebrannt den Eindruck von Porzellan machte.

Das Kernensemble umfasste somit zwölf Mitglieder. Eine schöne Zahl. Zwölf Tierkreiszeichen. Zwölf Monatsbilder. Zwölf Arbeiten des Herkules. Zwölf Schafe für die zwölf Apostel. Zwölf Minuten nach der Zeit …

In ihrer Werkstatt war es zu den ersten Proben und einigen heftigeren Diskussionen gekommen. Angel sah sich genötigt, auf das kleine Manifest aus Urbino zurückzugreifen und eine These in den Raum zu stellen: »Beginne, wenn du kannst, die Praxis des Zuhörens zu verfeinern …« Ein Murren wurde laut, doch sie ließ sich nicht beirren. »… die Kunst des Zuhörens, die schwierigste und avantgardistischste aller Künste … weil sie die erstaunlichste Kunst ist und heilig: die Kunst der Gemeinschaft.«

Alle schwiegen.

»Gut«, bemerkte die rohe Tonfigur nach einer Weile, »rekapitulieren wir.«

Es wurde ein längerer Vortrag zum Miteinander und zum Stück. Ob Drama, ob Komödie. Ob nicht vielleicht erst eine einzelne Szene, für den Anfang. Ob chorisch oder mit Protagonisten. Und welcher Fokus, welches Thema. Überraschenderweise hörten dann doch alle zu.

»Sollten wir nicht«, schaltete sich schließlich einer der Kopffüßler ein, »nachdem wir schon einiges angerissen haben« ... wobei er … oder sie … einen Blick auf den Roten warf, »zunächst einmal schlicht von uns selbst ausgehen. Material, Form, Farbe. Die Basics sozusagen.«

Die anderen nickten.

»Farbe«, sagte ein Liebespaar, das von Helldunkel, Umriss, Negativ die Nase voll hatte.

»Farbe«, stimmten die anderen ein.

»Gut«, sagte Angel, »von welcher Farbe gehen wir aus?«

Sie alle gingen in sich.

»Rot«, sagten sie.

Der rote Mann war Feuer und Flamme. Dann wäre er in diesem Stück die Hauptfigur. Die frohe Botschaft.

Der Kater beobachtete die Szene von der Fensterbank aus. Wobei ihn eher die Maus interessierte, die verstohlen aus einer kleinen Öffnung zwischen Wand und Estrich auftauchte und von den Diskutierenden unbemerkt quer durch die Werkstatt huschte. Aber er riss sich zusammen. Er wollte nicht stören. War Angel immer noch dankbar, dass sie ihn aus dem stickigen Ofen befreit hatte, in den er unter für ihn bis jetzt noch immer ungeklärten Umständen geraten war.

Ja, dachte Angel laut, so könnte es gehen. Wenn sie auf Farbe setzten, ginge es um Licht. Und seine Brechung.

Jetzt hieß es, das Tempo anziehen. Für die Ausstellung in einer der Galerien der Murate. Ein ehemaliger Klosterbau in Florenz. Aus der Zeit von Cosimo de' Medici, um 1440. Wegen der kostbaren Ausstattung … Brokat, Silber, Seide … von Savonarola vernichtend kritisiert. Im neunzehnten Jahrhundert unter anderem eine Fabrik für Feuerwerkskörper … die Lunte, flüsterten die Knieenden verängstigt … die Porzellanfrau warf ihnen einen fragenden Blick zu, sie konnte es nicht wissen … und schließlich ein Gefängnis, bis vor nicht allzu langer Zeit. Jetzt glücklicherweise ein offener Ort mit Cafés und Galerien.

Es war Angel kaum begreiflich, warum sie ausgerechnet an diesem Morgen, einen Tag vor Ferragosto, wo alle Welt an nichts als Meer und Kopf im Sand dachte, die seit Monaten sehnlich erwartete E-Mail erhielt. Die Ausstellung, um die sie sich beworben hatte, würde … ihr Einverständnis fraglos … am 5. Oktober eröffnen. Ein großer Saal, umringt von ein paar kleinen Zellen. Ortstermin 1. September.

Im ersten Augenblick hatte sie nicht gewusst, ob lachen oder weinen. Warum schwankt immer alles zwischen aller Zeit der Welt und jetzt oder nie. Dann war sie in die Luft gesprungen und hatte sich fürs Lachen entschieden.

Es war mit Sicherheit besser so, dass sie nicht wusste, dass Massimo Grandini die Finger im Spiel hatte. Man solle sich doch unbedingt einer bestimmten Volterraner Künstlerin annehmen …

Wilde Susinen. An die hatte sie gar nicht gedacht. Angel öffnete eins der Gläser vom letzten Jahr. Die Früchte, schön durchgezogen, fast schon Mus, tief violett und süß. Sie verteilte sie gleichmäßig auf dem Teig und strich eine Mischung aus Grappa und Limone darüber. Flora würde es lieben.

Zunächst hatte Angel einen kleinen Schreck bekommen, als Flora vor ein paar Tagen anrief, um anzukündigen, dass sie schon eher eintreffen würde. Pünktlich zu Ferragosto. »Dann feiern wir zusammen. Freust du dich? Ich habe eine Mitfahrgelegenheit. Volvo Kombi. Da passt zum Glück auch mein Terrarium rein. Ich bin am fünfzehnten so gegen drei in Pisa. Ich lass mich dann am besten am Bahnhof absetzen, ist das …«

»Ja, Flora, ich freu mich … Bahnhof passt perfekt …was heißt das, mein Terrarium?«

»Für meine Portia. Sie wohnt bei uns, übergangsweise. Ich bringe sie dann nach Florenz ins Institut. Mein Terrarium ist leider auf die Dauer zu klein für eine Springspinne. Na, du wirst es sehen. Wir können es dann für andere Spinnen nutzen.«

Recht bedacht vielleicht gar nicht so schlecht, wenn die Spinnen aus den Zimmerecken ins Terrarium umziehen, dachte Angel.

»Schön«, sagte sie. „Ich bin da. Um drei. Am fünfzehnten. Grüß deinen Vater. Er soll nicht traurig sein.«

»Er ist überglücklich«, erwiderte Flora, »dass seine neue Flamme jetzt erst mal bei ihm einziehen kann. Apropos Abendessen. Nein, nein, ich scherze. Er ist wirklich entbrannt. Frag mich nicht weiter. Erzähl ich dir alles in Ruhe. Drei Küsse.«

»Auch für dich«, wollte Angel noch sagen, doch da hatte Flora schon aufgelegt.

Also daher wehte der Wind. Angel streute eine Handvoll gehackter Mandeln über ihr Werk und schob es in den Backofen.

Eterno Rosso … oder so ähnlich … ging ihr durch den Kopf, als sie gegen sechs die Tasche packte und sich zum Auto aufmachte. Vielleicht ein Titel für die Ausstellung. Ein Arbeitstitel. Zumindest einer für die Szene. Es würde eine Szene werden … das war jetzt ohne Rücksprache mit der Truppe gesetzt … kein ganzes Stück, in Anbetracht der kurzen Zeit und dessen, was sich gerade alles anbahnte.

Sie würde dem Rot eine Landschaft bauen, mit petrolgrünem Plafond. Vielleicht auch himmelblau. Ein hügeliges Universum. Im großen Saal. Ringsum … in den Zellen … Studien, Zeichnungen, Entwürfe, die Köpfe, selbst die

Scherben … nichts Weltbewegendes … ein kleines Panoptikum praktischer Überlegungen.

»Alles begann unter der Löwensonne, in zweier Augen Blick / rot wie das unvergossne Blut der Toten«, flüsterte es … das konnte nur der Wind sein … »rot wie das Lächeln über die versiegte Wunde / rot wie das Meer, das mir die Seele überschwemmte.«

Es raschelte im Gebüsch. Angel drehte sich um. »Ach, du bist es.«

Der Hund begleitete sie zum Auto. »Komm rein«, sagte sie und öffnete die Tür. »Es ist ja auch deine Geschichte.«

Sie parkte den Panda auf dem verwaisten Schotterplatz. Kein Mensch zu sehen. Die Werkstatt des Schreiners war geschlossen. Nur eine schwarzweiße Katze mit bernsteinfarbenen Ohren döste im Schatten der angrenzenden Mauer.

Angel genoss die gemächlichen Luftströme, den einen und anderen unvermittelten Windstoß, die siebenunddreißig Grad, die exakt ihrer Körpertemperatur entsprachen. Sie fühlte sich eins mit allem.

Der Hund lief hechelnd neben ihr her, als sie die Straße zum Haus des Eremo nahmen. Im Dunst der Hitze, die das Land mit einem blassblauen Schimmer überzog, zitterte die Balze wie eine Fata Morgana.

Sie bogen auf den Pfad. Die Wiese war gemäht. Eher gelb als grün jetzt. Und dennoch sprossen hier und da die winzigen Kleeblüten, deren Duft Angel nicht vergessen würde.

Jemand hatte das Unterholz jenseits des hellroten Oleanders gelichtet. Die dickeren Stämme lagen gesägt und aufgeschichtet da. Ein Gewirr aus Brombeerranken, Schlingpflanzen, Zweigen und Geäst wartete ordentlich zu einem Haufen zusammengekehrt auf den September. Das würde ein schönes Feuer werden.

Der Hund roch fremde Hände, die in den letzten Tagen hier am Werk gewesen waren. Sehr vieles hatte sich gelichtet. Er wusste nicht, wie ihm geschah. Ihm wurde plötzlich leicht ums Herz.

Angel drückte die Klinke herab. Die Tür war offen. Der kleine Raum lichtdurchflutet. Tisch, Stuhl, Sessel und Bett standen noch am selben Platz. Auf der dem Fenster gegenüberliegenden Wand entdeckte sie Farbspuren. Ein Lindgrün, vielleicht auch Grünbeige, ein sandiges Gelb, ein körniges Safran, ein Ocker, ein schimmerndes Rosé … Proben anscheinend für einen neuen Anstrich, wer weiß. Ihr Blick fiel auf ein Blatt Papier, das … beschwert von einem Stein … am Boden lag. »Wir lassen es am besten auf dem Tisch«, stand da in einer entschiedenen Handschrift geschrieben.

Schließlich hatte sie das Geheimnis doch geteilt, dachte Angel. Zumindest einen Teil davon.

Versuch dir etwas vorzustellen, das ewig ist, hörte sie ihren Freund, den Maler, sagen und spürte fast, wie seine Hand über die ihre strich.

Sie zog das dünne Leder ihrer Tasche auf und nahm das Skizzenbuch heraus. Der Hund reckte die Nase und schnupperte. Das war sein Duft. Der seines Freundes. Unverkennbar. Und der des anderen …

Angel hockte sich auf den Boden und blätterte noch einmal, sehr langsam, Seite für Seite um.

Poesie. Kühnheit. Grazie. Kraft. Gewalt. Und Mut. Um sich den Menschen zu nähern. Frei.

Sie schloss das Buch. Der Hund nahm es behutsam zwischen die Zähne, sprang auf den Tisch und legte es in dessen Mitte.

Sie verließen das Haus, die Tür hinter sich einen Spaltbreit geöffnet, und gingen über den Pfad, der durch die Wiese führte, ohne sich umzuschauen. Sie holten weit aus. Freuten sich am Wind, der sie umwehte. Freuten sich an der Sonne, die sie in Licht hüllte. Am harzigen Duft der Zypressen, die den Weg säumten. Am schnarrenden Gesang der Zikaden, in den bereits die Grillen mit hellem Zirpen einfielen. Am Land vor ihren Augen. An der Luft, die sie umgab. Sie liefen die Straße hinauf und stoben quer über den Platz.

Jenseits des Hauses, in der Lichtung, leuchteten zwei feurige Punkte auf.

33

Der Regen wurde immer stärker. Er war im Nu bis auf die Haut durchnässt. Stand dort im Wind am höchsten Punkt der Balze. In Blitz und Donner gehüllt. Eins mit den Elementen. Das Feuer im Wipfel der Steineiche gab, kaum aufgelodert, dem Wasser nach. Himmel und Erde verschmolzen zu einem aufgewühlten Grau. Ein turbulentes Gemisch aus Silber, Quarz, Achat, das sich scheinbar sekundenschnell in ein dunkles Anthrazit, ja fast Basalt verwandelte. Ein gewaltiger elektrischer Spannungsraum, der seine immer nervösere Erregung in glühenden, immer fantastischeren Mustern entlud.

Ob er es war, Tinia, der Blitzeschleuderer, der dieses faszinierende Spektakel dirigierte? Der seine Blitze zwischen die Wolken warf wie eine zeichenhafte Schrift? Vertikale Exklamationen … Aufforderungen, Rufe, Warnungen … die aus dem Universum zur Erde niederzischten. Horizontale Interpunktionen, die durch das Blei des Himmels oszillierten. Gefolgt von krachenden Stakkati.

Plötzlich, in der Heftigkeit des Tobens, schien es ihm, als würden vor seinen Augen Bilder entstehen. Zunächst war er unsicher, ob es sich nicht um eine Fata Morgana handelte. Womöglich dem roten Likör geschuldet, den er vor dem Aufbruch getrunken hatte.

Dann legten sich seine Zweifel. Bis er meinte, die Bilder entziffern zu können.

Zum Schutz gegen die Wasserfluten, die auf ihn niedergingen, beschirmte er die Augen mit beiden Händen und starrte ins grelle Zucken, das für Bruchteile von Sekunden vor ihm sichtbar wurde. Dechiffrierte es als stürzende Körper … zupackende Hände … Köpfe, denen der Wind fast die Haare ausriss … Kreuze und Leitern … Lanzen und Kämpfer, Leiber im Wirbelsturm der Emotionen … Anatomien … hingestreckt, lasziv … Augen … wild, erschrocken, halbgeschlossen, von Händen bedeckt … Münder … erotisch, verklärt, lächelnd … erregend …

Die Spannung sprang in sein Gehirn über. Myriaden von Verknüpfungen explodierten in einem überwältigenden Rausch glühenden Geschehens. Leuchtspuren flammten zwischen Nervenzellen und Hirnrinde. Durch seinen Geist irrten Blitze. Vorausgeträumte Hypothesen, die sich vor seinen Augen zu erfüllen schienen. Er meinte, mehr noch, war sich sicher, dass, was er sah, nur ihm galt, ihm allein. Botschaften, Nachrichten, Kaskaden von Signalen. Da war sie, die Verbindung, die ersehnte.

Jahrelang hatte er jede Form studiert. War jeder Linie nachgegangen, mit der Stahlnadel … so spitz, dass sie töten könnte … der Feder, dem Stift. Hatte jede ihrer Windungen, Krümmungen, Schwünge nachvollzogen. Hatte jeder ihrer Regungen nachgespürt. War dem Rosso gefolgt mit der obsessiven Leidenschaft einer Amour fou. Durch die Einsamkeit der Himmelsräume.

In diesem Augenblick, in diesem Tosen, fand er Erfüllung.

Nicht weit von ihm entfernt schlug ein Blitz ein. Elektrische Wogen durchströmten ihn. Sein Herz flimmerte. Ob er den Schritt bewusst tat … Ob er ins Rutschen kam … Ob etwas ihn anstieß … Es wirbelte ihn unversehens durch die Luft. Er fiel. Stieß einen Schrei aus, der im Donnerschlag verhallte.

Die Bäume rauschten. Sie neigten sich zu ihm im Wind. Sie stützten ihn mit ihren Ästen. Griffen mit ihren Zweigen nach ihm. Liebkosten ihn mit ihren schweren dunklen regennassen Blättern. Hielten ihn wie ein Vogelkind, das aus dem Nest gestürzt war. Spielten mit ihm auf seinem Weg ins Grenzenlose. Entkleideten ihn sacht. Pflückten das durchnässte Hemd von seinem Leib. Lösten die Schuhe von seinen Füßen. Den Gürtel der Hose, die von seinen Beinen glitt.

Wolkenmassen eilten hinzu. Trugen ihn nackt durch den prasselnden Regen. Wirbelten ihn wieder und wieder in die Höhe und fingen ihn mit ihren dunstgetränkten Rücken auf. Kosmische Strahlen strichen über seine Haut. Blaue, gelbe, rote Blitze leuchteten seinem Flug.

Die hohen Sträucher reckten sich ihm entgegen. Streckten ihre Zweige nach ihm aus. Tasteten seinen Körper ab. Umschlangen seine Glieder. Kitzelten ihn mit ihren Trieben.

Zwischen den Böen, die durch sie hindurchfuhren und sie zerzausten, neigten sich ihm die Büsche hilfsbereit entgegen. Sie zogen ihre Dornen ein. Lotsten ihn ruhig durch das Gestrüpp, in dessen Dickicht schon die zarten Stauden auf ihn warteten. Sie hüllten ihn in ihren Duft. Federten ihn mit den Verästelungen ihrer Blütenstände ab.

Tausende kleiner Kräuter, Blumen und Gewächse wandten sich ihm zu, bereiteten ihm ein Bett, ließen ihn sacht auf die vor Feuchtigkeit dampfende milde Erde gleiten. Ein Brocken, der sich mit Getöse vom Fels der Balze gelöst hatte, rollte wie absichtsvoll unter seinen Kopf.

Die Tropfen wurden langsam kleiner. Der Regen legte sich allmählich. Mit einem letzten triumphalen Grollen, das lange in den Wolkenschichten widerhallte, zog das Gewitter davon. Der Himmel riss in blaue Fetzen. Die Luft zitterte.

Ein Salamander, den es nur nach heftigen Regengüssen ins Freie zieht, kam unter einem großen Farn hervor. Neugierig näherte er sich dem Menschen, den er vor sich sah, ausgestreckt auf einem Teppich kleiner Pflanzen. Die rötlichen Locken klebten nass an seinen Schläfen. Der Kopf lag leicht zurückgeneigt. Die Augen waren nicht ganz geschlossen und schienen ihn dennoch nicht zu sehen. Der Salamander kroch gemächlich auf die gewölbte Brust. Vernahm tief in ihr das schwache, schon entfernte Echo eines letzten Herzschlags. Unter seinen Füßen spürte er den Hauch eines letzten Seufzers. Sein feuriger Geist erfreute sich am letzten Aufbäumen des Feuerwerks der Nervenzellen und Synapsen.

Ein Falke hatte im Schutz eines Felsvorsprungs auf das Ende des Unwetters gewartet. Nun schüttelte er sein Gefieder, schwang sich in die Luft und kreiste über der Balze. Seine scharfen Augen erblickten den Toten. Sie sahen, wie sich ein Sonnenstrahl im Rot seiner Locken verfing und über sein Gesicht glitt. Auf seinen Lippen lag ein Lächeln.

MIX
Papier aus verantwortungsvollen Quellen
FSC® C083411

Bibliografische Information der Deutschen Nationalbibliothek
Die Deutsche Nationalbibliothek verzeichnet diese Publikation in der Deutschen Nationalbibliografie; detaillierte bibliografische Daten sind im Internet über http://dnb.d-nb.de abrufbar.

Lektorat: Susanne Gretter, Berlin
Covergestaltung: Karina Bertagnolli, Wiesbaden
Bildnachweis: Montage aus einer Fotografie von Antonio Maria Storch, 2021, und einem Detail der Kreuzabnahme des Rosso Fiorentino, 1521, Pinacoteca di Volterra
Layout & Satz: Anja Carrà, Weimar
Der Titel wurde in der Joanna MT und der Voga gesetzt.
Gesamtherstellung: CPI books GmbH, Leck – Germany

ISBN: 978-3-7374-1172-1

Mehr über Ideen, Autoren und Programm des Verlags finden Sie auf www.verlagshausroemerweg.de und in Ihrer Buchhandlung.